aug '84 Nelleke Peeters

De meisjes van de suikerwerkfabriek

Grote ABC nr. 463

Tessa de Loo *De meisjes van de suikerwerkfabriek* Verhalen

Amsterdam · Uitgeverij De Arbeiderspers

Eerste druk, november 1983
Tweede druk, december 1983
Derde druk, januari 1984
Vierde druk, februari 1984
Vijfde druk, maart 1984
Zesde druk, april 1984
Zevende druk, april 1984
Achtste druk, juni 1984

Omslag: René Boin, met dank aan Galerie Siau
Omslagontwerp: Joost van de Woestijne
Foto achterplat: Bert Nienhuis
Druk: Tulp, Zwolle

ISBN 90 295 2895 8

Inhoud

Muziekles

'Je moet je vingertoppen rechter op de snaren zetten,' riep Johan, 'dat heb ik net nog tegen je gezegd.'

Toms benige vingers kromden zich en probeerden verkrampt de positie van het C-akkoord in te nemen.

'Spreiden,' zei Johan.

Rood tot aan zijn haargrens staarde Tom naar zijn vingers, die een diagonaal over de breedte van de gitaarhals moesten vormen. Nog nooit had hij over zijn hand of vingers nagedacht. Tot nu toe hadden ze gewoon alles gedaan: brood in zijn mond stoppen, ballen gooien en vangen, iemand een mep geven, een pen vasthouden, schrijven. 'Ik kan het niet,' zuchtte hij, 'echt niet.'

'Natuurlijk kun je het,' zei Johan geërgerd, 'toen ik zo oud was als jij kon ik alle akkoorden vlekkeloos spelen.'

In de herfst was zij gekocht, de gitaar. Fabrication especial de la casa de Juan Cortés in Madrid.

Op de muziekschool had Tom noten leren lezen, de maat slaan, zingen, blokfluit spelen en een geïmproviseerd orkest van triangels, sambaballen en tamboerijnen op het raspbord begeleiden.

De blokfluit was na het examen op weg naar huis uit zijn tas gegleden en waarschijnlijk onder de wielen van een auto terechtgekomen. De volgende morgen werd de kastanjebruine Aura in duizend splinters verspreid over het wegdek teruggevonden. Alleen het mondstuk was nog gedeeltelijk intact. Overmeesterd door een gevoel van onherroepelijkheid raapte Tom de splinters bijeen. Wat hier verloren was gegaan: op zondagavonden fluit spelen in het open raam. Nu restte hem alleen het door de directeur in schuinschrift ondertekende diploma en was hij een soort matroos op het droge.

Felix, in zijn witte muizegezicht de glinsterende ogen van een sensatiebeluste oude vrouw die een moord of een ongeluk komt melden, onthulde dat hij had gezien hoe een paar jongens de fluit ongemerkt uit Toms tas namen, waar het mondstuk uitnodigend uitstak. Als een leeg soepblik schopten ze het instrument over het plaveisel heen en weer tot ze er genoeg van hadden en het lieten liggen waar het lag. Het enige wat Felix nu van Toms vader verwachtte was wraak. Dat deze imposante gestalte met zware baard de jongens zou achterhalen en straffen, streng en zonder mededogen. In gedachten zag hij zichzelf als een stiekeme toeschouwer van de vernederendste strafmaatregel die hij zich kon voorstellen: het over de knie leggen, het afstropen van de broek, de twee glanzende billen die hulpeloos in zicht kwamen en zich moesten laten geselen met een losgegespte broekriem. Felix verstrekte Toms vader de informatie die tot aanhouding van de daders moest leiden: ze zaten niet op de muziekschool, maar wel op dezelfde voetbalclub als Tom.

Waarom was het zo on-Hollands heet in die dagen? Zelfs de bomen en planten zweetten, slap hingen de bladeren aan de stelen. Je opwinden over een blokfluit was onmogelijk; het kostte al moeite op de been te blijven. Die Felix, zijn bleke spichtige lichaam ten spijt, was zo fel en heetgebakerd als de Arabieren met hun eeuwenoude traditie van oorlog voeren in door de zon geblakerde woestijnen. Eigenlijk is Tom aan een echt instrument toe, dacht Johan, de blokfluit is hij ontgroeid. Een echt instrument: Piano? Viool? Klarinet, saxofoon, trompet? Orgel, al of niet elektronisch? Gitaar? Moet ik gewoon een winkel met hem binnenstappen en uit die immense sortering van houten klankkasten en koperen blazers er een, die hem wel aanspreekt, laten inpakken als een teddybeer? Ik moet er achter zien te komen of er een tokkelaar, een strijker of een blazer in hem schuilt.

In het volle bewustzijn van Lisa's afkeer keken ze naar de televisie, broederlijk en samenzweerderig. De overspannen opwinding van de popgroepen en het tot in je merg doordringende volume van de muziek werkten op haar zenuwen: dit was een leugen, dit had niets te maken met het gewone leven, dat voortkabbelde en geen hoogtepunten kende en vroeg om mensen die beheerst de dingen deden die gedaan moesten worden.

Vanuit Johans oksel blies Tom rose bellen van kauwgom. Het was of zich in zijn binnenste een borrelende zuurstokrose rubbermassa bevond, die een uitweg zocht via zijn slokdarm. Sommige bellen zwollen en zwollen tot zijn neus erin verdween. Dan porde hij Johan in zijn zij en keek hem over de bel heen dringend aan: voordat het wonder in elkaar zeeg moest hij bewonderend 'oh' geroepen hebben.

Ze zagen hoe een drumstel in alle graden van hevigheid bespeeld werd door de drummer van de Outfits, wiens broek werd opgehouden door ouderwetse bretels. Zo werd deze dracht niet alleen in ere hersteld, maar ook gepropageerd omdat de broekophouders niet meer als in grootvaders tijd verscholen gingen onder vest en colbert. Met getergde blik gaf hij de trommels en deksels ervan langs, zijn hoofd wild heen en weer gooiend, alsof hij geplaagd werd door vreselijke hoofdpijnen of nachtmerries.

Tom kauwde op de maat. De drummer was even heroïsch als sommige helden uit televisieseries. Hij herinnerde zich een film over races met door paarden getrokken wagens op twee wielen. Keer op keer liet de menner zijn zweep op de glanzende paarderuggen neerkomen, de dieren steeds opdrijvend tot nog grotere snelheid. De wind streek door zijn haren, zijn kin stak ferm vooruit, hij had niet alleen macht over zijn eigen paarden, maar over de hele race: hij won. Zo bewerkte de drummer met zijn stokjes de deksels en de trommels, op hol geslagen met drumstel en al.

Door openstaande ramen en deuren drong de septemberwarmte de huizen binnen. In geen enkele kamer vond Lisa rust. Vanachter een der coniferenhagen penetreerde het geluid van een elektrische zaag de nabijgelegen tuinen en huizen, snerpend en angstaanjagend. De kunst is onverstoorbaar te blijven, dacht Lisa, als ik het niet wil horen dan hoor ik het niet. Ik ga gewoon door met het sluiten van knoopjes, hoewel Johan ze weer allemaal open moet maken. Dan vouw ik de overhemden op, de mouwen plat aan de achterkant en leg ze in de kast op het stapeltje. Maar halverwege vergat ze waar ze mee bezig was. Haar handen vielen slap langs haar lichaam. Op blote voeten slenterde ze de trap af. Beneden keek ze terloops uit het raam naar het baksteenpatroon van de schuur, dat scherp geprononceerd was door het felle zonlicht. Er werd niet meer gezaagd. Een vogel kwetterde vlakbij. Ergens in een achtertuin werd een gesprek gevoerd. Werkelijk rust hebben, dacht Lisa, niets te hoeven.

Het zagen begon weer. Lisa liet zich op de bank vallen en staarde naar haar roodgelakte teennagels; ze keken allemaal terug. Blindelings greep ze een tijdschrift. Het was een geluk dat Roelie er doorheen sliep.

Toen Tom uit school kwam lag zijn moeder op de bank te slapen met een tijdschrift opengeslagen op haar buik. Hij liep naar de keuken, opende de ijskast en trok er een fles cola uit. Op tafel lagen de stokjes van zijn kapotte xylofoon, waarmee hij al een week lang allerlei ritmes uitprobeerde. Hij nam een flinke slok, zette een pan op tafel en liet de stokjes beurtelings op de deksel en het houten tafelblad neerkomen. Zijn schouders en polsen zaten los, zijn hoofd zat vol flarden muziek, die in zijn gedachten zichtbaar werden als zig-zag lijnen van afwisselende breedte, smekend om in ritme omgezet te worden. Maar de stokjes vielen als hagelstenen neer, ze leidden een eigen leven.

Ineens voelde hij dat er twee ogen in zijn rug prikten. Terwijl zijn handen sprongetjes bleven maken keek hij over zijn schouder. Zijn moeder stond in de deuropening. Verwilderd keek ze hem aan, haar rechterwang rood alsof ze kiespijn had.

'Wil je daarmee ophouden,' zei ze schor, 'nu meteen.'

Het tempo waarmee de stokjes neerkwamen verminderde tot slow. Afwachtend keek Tom opzij.

'Nee, helemaal ophouden,' zei Lisa, 'je weet toch, dat meneer Froombos overspannen is? Hij kan absoluut niet tegen lawaai. Zijn vrouw heeft de mensen uit de buurt gevraagd er rekening mee te houden.' Lisa fluisterde bijna en begon te hoesten, heel gedempt achter haar hand. Ze had zwarte vlekken onder haar ogen, zag Tom nu.

'O,' zei hij, liet de stokjes in zijn broekzak glijden en sjokte de gang in. Meneer Froombos kon doodvallen en zijn vrouw erbij. Hij ging op een traptrede zitten en trommelde met zijn vingers op zijn dijbenen. Tata, tata, overspannen. Geen wonder dat je ziek werd als je 't niet kon hebben dat andere mensen zich vermaakten. Overspannen, tata tata. Hij tikte zachtjes op de spijlen van de trapleuning.

Zou het mogelijk zijn met het stokje in je rechterhand drie keer te tikken, terwijl je met 't andere stokje twee keer tikte? Tom draaide zich een kwartslag, zodat hij recht voor de trapstijlen kwam te zitten. Rechts probeerde hij te denken: een, twee, drie, en links: een, twee. Niet alleen zijn lichaam moest hij in twee helften opsplitsen, maar ook zijn gedachten. De rechterhand had steeds de neiging zich aan te sluiten bij de linker, zoals hijzelf wanneer hij met zijn vader wandelde diens pas overnam. Onbewust, om de rechterhand tot gehoorzaamheid te dwingen, zette Tom zijn slagen meer kracht bij. Het moest kunnen.

Boven begon Roelie te huilen. De deur van de huiskamer zwaaide driftig open. Weer dook Lisa op in de deuropening, woedend nu als een tot het uiterste getergde.

'Nou is het afgelopen,' riep ze. Haar stem was onvast en gebroken, alsof ze ieder ogenblik in huilen kon uitbarsten.

Met trillende vingers rukte ze Tom de stokjes uit handen en brak ze voor zijn neus in tweeën. Het laatste ritmische geluid dat ze maakten was krk krk. Ze liep naar de keuken en gooide de resten in de pedaalemmer. Daarna keerde ze terug en liep, Tom opzij duwend, de trap op. Het langsstrijken van haar rok van dunne zomerstof veroorzaakte een lichte tocht langs zijn slapen. Boven tilde ze Roelie uit bed, die onmiddellijk ophield met huilen.

'Dat gedoe met die stokjes,' hoorde hij haar zeggen, 'de hele week al, 't is om hartstikke gek van te worden.'

Gelaten keek Tom naar zijn lege handen.

Alsof het een spelletje knikkeren betrof stelde Felix Tom voor om, evenals hijzelf, viool te gaan spelen. Zijn vader had gezegd dat ze dan later duo's van Bach konden spelen.

Al vanaf zijn achtste jaar speelde Felix twee uur per

dag met zijn kinderstrijkstok op zijn kinderviool, terwijl zijn vader of moeder de bladzijden omsloeg van het boek vol oefeningen en krachttoertjes, dat op de ijzeren muziekstandaard stond. Onvermurwbaar tikte de metronoom als een perpetuum mobile de maat. Wanneer hij een fout maakte werd Felix berispt en als hij vals speelde, uit de maat raakte, of als zijn streek niet vloeiend was, dan moest hij woensdag- of zaterdagmiddag thuisblijven om extra te studeren. Zo nu en dan lieten zijn ouders glimlachend doorschemeren dat er in Felix wel eens een wonderkind zou kunnen steken. Het ging in de kunst toch om tien procent talent en negentig procent zwoegen.

Tom schraapte met zijn nagels over het hout van de tafel waaraan ze thee dronken. Er kwam een laagje boenwas onder zijn nagels. Het leek hem best leuk om duo's van Bach met Felix te spelen.

'Wie is Bach?' vroeg hij.

'Dat is een beroemde componist,' legde Felix uit, 'hij heeft veel vioolmuziek geschreven.'

'We zullen er eens over nadenken, Felix,' zei Toms moeder hooghartig. Ze nam de lege kopjes van de tafel.

Die avond, terwijl Felix hoogstwaarschijnlijk zijn zoveelste loopje stond te oefenen, las Tom horizontaal op de bank *Kuifje in Amerika*.

'Dat is toch niets voor jou, Tommie, een viool,' zei Lisa.

'Een viool?' Johan ging rechtop zitten. De krant gleed van zijn knieën. 'Hoezo, een viool?'

'Je mag drie keer raden,' zei Lisa, 'wie hem vanmiddag op het idee bracht viool te gaan spelen.'

Het was even stil.

'Felix,' zei Johan.

Jezus. Viool. Daar kon je alleen klassieke muziek op spelen.

'Weet je dat een beetje viool al gauw zo'n drie-vierduizend gulden kost?' zei Johan, 'en 't duurt minstens een jaar voordat je er een melodietje op kunt spelen. Wat vind je er zelf van Tom?'

Tom reageerde niet. Kuifje was door de zwartvoetindianen aan een totempaal vastgebonden. Ze wilden hem de duisternissen des doods inzenden.

'Nee, viool dat lijkt me niks,' zei Johan. 'Nou ja, als hij per se wil.'

Elke namiddag omstreeks vijf uur klonk er vanuit het huizenblok aan de overkant van de straat opzwepende pianomuziek. Zelfs op sombere grijze dagen als er een kille noordenwind waaide en het leek alsof er geen hoop meer was dan spoelde met de pianoklanken een golf van lichtzinnigheid door de straat. Het was Helmert Koning die dat bewerkstelligde. De godganse dag had hij les in handenarbeid gegeven, tientallen poppen van papier-maché en geboetseerde bloempotten en asbakken waren onder zijn auspiciën vervaardigd en de herinnering daaraan speelde hij nu weg op zijn spierwitte glanzende piano in zijn pikzwarte kamer met futuristische stalen, glazen en plastic meubels. Dansend zat hij op de kruk, doldriest galoppeerden zijn vingers over de toetsen, de tonen wervelden weg onder zijn vingers vandaan. Helmert bestond dan al niet meer, hij was muziek geworden.

De straat had twee gezichten. Voordat Tom ging voetballen was hij nog grauw en eentonig met zijn gelijkvormige huizen: links twee blokken van zes, rechts zes maal twee onder een kap. Vierentwintig voortuinen, die sprekend op elkaar leken. De sprieterige boompjes in de stoep werden overeind gehouden door palen die vijf keer zo dik waren.

Toen Tom terugkwam van het voetbalveld, bezweet en

tintelend, was er beweging gekomen in de straat. Als een geweldige, op drift geraakte glijbaan gleed hij weg uit de buurt, omhoog, omlaag, over bergen, door dalen. De boompjes, niet langer door de palen in hun bewegingsvrijheid gehinderd, zwiepten heen en weer, hun takken omstrengelden elkaar.

Heupwiegend keek Tom naar de pianist die geen gordijnen had maar alleen een ongegeneerd woekerende oerwoudplant.

Wat hij eigenlijk al een hele tijd wist drong nu tot hem door. Dit was het wat hij wilde: zoals Helmert Koning wilde hij spelen, zoals Helmert Koning wilde hij zijn. Dat hij daar niet eerder aan gedacht had, het was zo natuurlijk en vanzelfsprekend. Met forse stappen liep hij naar huis. Het was een bevrijdend idee, dat hij piano ging spelen.

Op zijn bord lag een landschap. Een zandberg van aardappelpuree, een grasveld van spinazie en een donkerbruine akker met doorploegde voren van rundvlees. Er tussendoor stroomde een jusrivier. Tom nam een hapje zand.

Johan en Lisa kauwden op een brok vlees en keken hem met ronde ogen aan. Hij had ze net op de hoogte gesteld van zijn voornemen piano te gaan spelen.

'Hoe kom je daar zo bij?' vroeg Johan verbaasd, terwijl hij met zijn vingers een stukje rafelig vlees tussen zijn tanden wegpeuterde. Voor het eerst viel het Tom op dat zijn vader een ring droeg met een ovale witte steen erin. Een oog zonder iris en pupil.

'Zo'n piano als Helmert Koning,' zei Tom, 'dat wil ik.'

'Ah,' Johan ging rechtop zitten, 'meneer wil zo'n piano als Helmert Koning. Zo'n modieus, witgelakt meubel en dan maar van die sneltreinmuziek spelen.'

'Fantastische muziek!' riep Tom verontwaardigd. Wild

mengde hij het weiland, het zand en de rivier en nam een onberedeneerde hap.

Even was Johan sprakeloos. Waarom zei Tom nooit iets over zijn gitaarmuziek, die toch oneindig veel subtieler en gevarieerder was dan de altijd op hetzelfde neerkomende boogie woogie en honkey tonkey van Helmert Koning, die sinds zijn scheiding de jolige vrijgezel uithing en steeds nieuwe vrouwen meesleepte naar huis om ze als een rattenvanger van Hamelen te hypnotiseren met zijn niets-aan-de-hand-muziek.

Roelie benutte de stilte om de aandacht naar zich toe te trekken. Hiervoor beschikte zij over een vindingrijkheid die aan het onuitputtelijke grensde. Deze keer kletste ze met de bolle kant van haar lepel middenin de spinazie.

'Wat doe je nou,' jammerde Lisa.

Bespikkeld als een kievitsei en boosaardig glimlachend keek Roelie om zich heen. Eindelijk had ze wraak genomen op de weerzinwekkende groene blubber. En iedereen keek naar haar, weliswaar geschrokken en verwijtend, maar ze keken naar haar.

Waarom ben ik toch steeds zo moe, dacht Lisa. Ze stond op en haalde een doekje. Voorzichtig boende ze Roelies gezicht schoon en maakte het corpus delicti los uit de stevige greep van haar vingers. Roelies lip begon te trillen, in haar ogen kwam een lodderige, naar binnen gekeerde blik. Hik-hik, als een bromfiets die moeizaam start, kwam ze sputterend op gang om te eindigen in gebrul met lange uithalen.

'Breng dat kind naar boven,' riep Johan, 'ik kan m'n eigen gedachten niet verstaan.'

Over haar moeders ene schouder hangend werd Roelie afgevoerd. Het geluid verwijderde zich langzaam naar boven. Stil aten Tom en zijn vader verder. Het tikken van vork en mes op de borden werd nu oorverdovend, evenals het happen en het kauwen. Het vlees smaakte eigenlijk naar niets. Het is gewoon een stuk dooie koe, zeiden ze bij Felix, vleeseters zijn kadavervreters.

'Als je wilt zullen we een tweedehands piano voor je kopen,' zei Johan, 'of huren.'

Langs zijn vader heen staarde Tom naar buiten. Zo te zien was er wind opgestoken, de dunne bomen zwiepten heen en weer. Misschien is hij mijn vader helemaal niet, dacht hij, is er ergens een vergissing gemaakt. Ik kan in de verkeerde familie terechtgekomen zijn.

Lisa kwam weer binnen en schoof achter haar bord.

'Een piano dat kan niet hoor,' zei ze, 'er is gewoonweg geen plaats voor in huis.'

'Maar hij kan toch wel...' zei Johan en keek taxerend rond in de kamer. Het enige stuk rechte muur werd in beslag genomen door een bergmeubel, dat plaats bood aan een geluidsinstallatie, boeken, tijdschriften, lampen, planten en een aantal tot niets dienende voorwerpen, zoals een porseleinen hond en kat uit Engeland, die star voor zich uit keken en een ding met twee glanzende metalen balletjes die eindeloos tegen elkaar aan bleven tikken als ze een duwtje kregen. De andere muren werden onhandig in tweeën gedeeld door de deur naar de gang en de deur naar de keuken.

'En boven?'

'Boven,' zei Lisa, 'op de slaapkamers? Daar heb je het probleem van het schuine dak.'

Ik moet een instrument kiezen, dacht Tom, dat klein is en geen geluid maakt.

Van de echte herfst, zoals die op illustraties in schoolboekjes werd voorgesteld, met paddestoelen, vlammend rode bladeren en zilveren spinnewebben, was bij Tom in de straat niets te zien. Wel begon iedere dag met een dichte mist, die traag optrok en soms de hele dag bleef. De wereld werd klein.

Eén ding was niet aan seizoenen gebonden: het gitaarspel van zijn vader. Er ging geen dag voorbij of hij liet zijn gitaar klagen, jammeren, huilen, dansen, springen, juichen, gillen. 'Power to love,' zong hij erbij, of 'We gotta live together.' Af en toe pauzeerde hij om een plaat op te zetten. Dan nam Jimi Hendrix het over met zijn band.

Tom hoorde het niet meer. Vanaf de wieg waren deze klanken over hem uitgestort, hij was er mee grootgebracht, zoals andere kinderen met pap of cornflakes. Er verscheen een nieuw soort muziek aan zijn firmament: waren geheimzinnige krachten achter de schermen van de radio, televisie en platenmaatschappijen er verantwoordelijk voor of was de tijd gewoon rijp voor deze rockrevival? Opnieuw schalde de stem van Elvis Presley uit de luidsprekers, op het televisiescherm danste Jerry Lee Lewis de piano aan flarden en vanaf de pas geperste lp's schreeuwde Little Richard dat hij 'the hill in music' was. Piepjonge rock-and-rollgroepjes verschenen uit het niets, met brillantine in het haar, zwartleren jacks aan en witte gymschoenen.

Onder in de kast, wist Tom, lag een stapeltje platen van zijn moeder in gescheurde papieren hoezen. Opeens klikte er iets: hij haalde ze tevoorschijn.

Trefzeker reed Johan achteruit de garage binnen. Mijn garage, dacht hij, mijn auto. Als ik aan een nieuwe toe ben, koop ik een Volvo.

Vanuit de garage liep hij via het rommelhok naar de keuken. 'Angel,' floot hij, maar ging halverwege over in 'Stepping Stone'. Voordat hij de deur naar de keuken opende gaf hij met vlakke hand een klap op de bakstenen muur.

'Hallo...' riep hij. Bij de tweede lettergreep liet hij de toon dalen naar een diepe bas en uitgalmen als boven een echoput. De geur van gebakken uien prikkelde zijn neusvleugels. Hij had honger als eèn wolf. In een flits verwachtte hij dat vrouw en kinderen hem tegemoet zouden snellen om hem te begroeten en om de hals te hangen, elkaar als concurrenten in hun liefde voor de vader, de minnaar, de kostwinner, wegduwend.

Lisa hurkte op de grond, gebogen over een kapotgevallen ei en probeerde de slijmerige massa met een doekje op te dweilen. Haarslierten hingen voor haar gezicht. Jaren geleden had ze met haar hartvormige rose mond en lange blonde haren sprekend op de vriendin van een bekende zanger geleken. Ik kan zo bij haar weg, dacht Johan, niets bindt me. En als ik toch blijf, moet ik bedenken dat ik onafhankelijk ben, kan gaan en staan waar ik wil, kan denken wat ik wil.

Verstrooid keek Lisa op. 'Ben je nu al thuis?'

'Kapotgevallen?' vroeg Johan.

Ze knikte.

Van achter de gesloten deur van de kamer klonk muziek, die een oud, weemakend sentiment in hem opriep: een kermis, een snack-bar, een bromfiets, een meisje met een paardestaart en een tintelende, zinneprikkelende lach.

'Ik heb vanmorgen een geweldige transactie gesloten,' zei hij, 'al zeg ik het zelf.'

'O?' zei Lisa. Haastig liep ze met het druipende doekje naar de gootsteen. Waar haal ik zo gauw een ander ei vandaan, dacht ze.

'Vanmorgen vroeg,' zei Johan en kreeg het weer warm bij de gedachte, 'kocht ik telefonisch een partij plastic van Frühwolf in Keulen voor bijna twee ton en een half uur later verkocht ik de zaak, zonder van mijn stoel te zijn opgestaan, door aan een firma in Maastricht voor twee en een halve ton. Zadelhoff stond paf!'

'Wat hebben wij daaraan?' vroeg Lisa. Ik wou dat ik een heleboel eieren had, dacht ze, om ze stuk voor stuk kapot te gooien, op iedere tegel een.

'Als ik een van hun topverkopers word piep je wel anders,' zei Johan en ging de huiskamer binnen. Zo makkelijk liet hij zich de triomf niet ontnemen. Hij sloot de deur en leunde er tegenaan.

Van het ene grote raam aan de straatzijde tot het andere, dat recht er tegenover gelegen uitkeek op de achtertuin, was de kamer gevuld met rock-and-roll: 'Go go go, Johnny, go,' en: 'Johnny be good.'

In de richting van een omvangrijke spiegel met mahoniehouten lijst, die de spiegelbeelden van generaties van Lisa's familieleden opgeslorpt had bewoog zich een bijna onherkenbaar vermomd wezen. In het glas werd een grote zwarte zonnebril weerkaatst, een donkerblonde rechtopstaande kuif, een Hawaiiaans overhemd met palmbomen en zonsondergangen erop, een strakke zwarte broek en witte gymschoenen en een gitaar die Johan bekend voorkwam en die voor buik en borst gehouden werd, waardoor enkele palmen aan het oog onttrokken werden.

De gitarist liep op zijn hurken naar de spiegel toe. Daar aangekomen draaide hij honderdtachtig graden en begaf zich ritmisch in de richting van de deur. 'He was playing guitar like he was ringing a bell.' Aan zijn vooruitgeschoven onderkaak was te zien dat hij voor niemand bang was en heel wat in de onderwereld had vertoefd. Verdachte dingen had hij zien gebeuren, die het daglicht niet konden velen en waarvan de weerschijn in zijn ogen te zien zou zijn als hij ze niet wijselijk verborgen hield achter de donkere glazen van zijn zonnebril. Met 'Go... Johnny be good...' eindigde het nummer abrupt. Voor de zoveelste keer op weg naar de spiegel stopte de gedaante even plotseling als de muziek en ging rechtop staan.

'Hallo,' zei Johan grijnzend, 'Ouwe rocker.'

De zonnebril werd afgezet.

'Bis,' zei Johan, 'we want more.'

Wantrouwend keek Tom in zijn richting. Een vette spriet haar was uit zijn kuif ontsnapt en hing in een boog over zijn voorhoofd.

'Wie zingt dat nummer ook alweer?' vroeg Johan.

'Chuck Berry,' antwoordde Tom schor.

'En die gekke bewegingen die je erbij maakt?'

Johan zakte door zijn knieën en probeerde zijn onderbenen vooruit te gooien.

'Dat is de duck-walk.'

'Prachtig,' zei Johan.

'Ik speel niet op je gitaar,' zei Tom vlug, 'ik hou hem alleen maar vast.'

'Prima, prima.' Johan stond op en pakte de platenhoes. De ogen bijna gesloten lachte Chuck Berry zijn witte tanden bloot. De lach van het succes.

'Nog een keer,' zei Johan en liet de diamant op de plaat zakken.

Tom zette de bril op en pakte de gitaar.

Opnieuw staarde Johan naar het wonder dat zich aan Tom voltrok. Als een kleine duivel danste hij uitdagend zijn spiegelbeeld tegemoet. Hij begon als een onbeduidende figurant op de achtergrond, maar nam snel in omvang toe tot hij een professionele rock-zanger was, die zijn evenbeeld onaangedaan bekeek alvorens het via een uitgebalanceerde zwaai met de gitaar de rug toe te keren.

'Go go go, Tommie go,' zong Johan zachtjes. Hij klikte met zijn middelvinger tegen zijn duim. Wat een soul! Bloed van mijn bloed, dacht hij. Wij hebben talent, Tom en ik, wij zijn geschapen voor de muziek. Tom zou het wel eens ver kunnen brengen; hij heeft lef met z'n smalle billetjes in z'n nauwe broek. Beroemdheden zijn ook eens kind geweest met een vader die overdag op kantoor of in een fabriek werkte en 's avonds na de zuurkool met losgegespte broekriem de tuin inslenterde om te zien hoe de duiven het maakten. Over die vaders hoorde je nooit iets. Ik zou Toms manager kunnen worden. Zadelhoff zoekt het dan verder maar uit met zijn polyaethyleen, polypropeen, polyvinylacetaat.

Beroemd te zijn, vrijheid, macht. Het talent en de eerbied die men daarvoor heeft bieden nooitgekende voorrechten en genietingen. 'Ssst,' fluisteren ze in de gangen, 'hij slaapt nog, gisterenavond heeft hij zich weer helemaal gegeven.' Op hun tenen sluipen ze rond, deuren worden behoedzaam geopend en gesloten. Laat je je terloops ontvallen dat je graag een jasje zou hebben als Terence Hill in 'The big spender' van 1953, dan zullen ze koortsachtig stad en land afzoeken of het natuurgetrouw laten kopiëren door een eersteklas kleermaker, die verder alleen koningen en keizers kleedt. Heb je een nieuw instrument nodig of ultramoderne Japanse opnameapparatuur of een extra vleugel aan je studio, ze kopen het voor je, ze bouwen het voor je, ze vinden het voor je uit. Wil je zwarte bloemen in een kristallen vaas, je krijgt ze. Verlang je naar een slanke vrouw met borsten als peren en koperkleurige haren, ze ligt diezelfde avond smachtend tussen je lakens.

De kamer vibreerde. Als een komeet schoot de kleine Tom op de spiegel af, die een extra dimensie in de kamer bracht, een poort naar de toekomst.

God, wat ben ik dol op die jongen, dacht Johan. Ik zou hem kunnen begeleiden. We kopen een bus voor als we op toernee gaan en schilderen er in zwart met goud 'Father and son' op. Is dat gek? En 'The mama's and the papa's' dan? Het nummer was weer afgelopen. Als bevroren bleef Tom in de houding staan.

Johan tilde de naald op en nam het plaatje van de draaitafel. En Lisa? Nadenkend schoof hij 'Johnny be good' in de hoes. Die is misschien wel blij als we opgehoepeld zijn, dacht hij.

'Tom jongen, wij gaan morgen een gitaar kopen.'

Zwijgend staarde Tom in de spiegel.

Johan ging achter hem staan.

'Wat vind je ervan?'

Een imaginaire Tom nam zijn zonnebril van zijn neus en keek hem uitdrukkingloos aan.

'Wil je soms geen gitaar?'

'Jawel.'

'Nou dan,' zei Johan. Father and son, hij zag het voor zich.

Om een hecht onderbouwde muzikale basis te krijgen werd Tom op aanraden van Felix' ouders op gitaarles gedaan bij Vittorio Knop, wiens vader nog als eerste violist in het Concertgebouworkest had gespeeld. Elke woensdagmiddag fietste hij naar het andere eind van de stad met de gitaar in een inmitatieleren hoes op zijn rug. Al spoedig werd het hem duidelijk, dat de kunst grote inspanningen en opofferingen vergt. In het begin hoefde hij alleen tegen de novemberstormen in te tornen, maar later voegden zich daar striemende regen- en sneeuwbuien bij. Wat was de stad breed als je van oost naar west moest.

Na drie maanden speelde hij 'In einem Bächlein helle' van Franz Josef Küffner, 'Chant populair' van Giuliani en 'Pasan los soldados' van Emilio Pujol, of liever: hij ploegde erdoor. Steeds bleef hij in een moeilijke passage steken. Dan begon hij opnieuw. Zijn onderlip had hij stukgebeten, op zijn vingertoppen zat een flinke laag eelt.

Aanvankelijk eerbiedig hoorde Johan het aan, want dit soort keiharde oefeningen was hem vreemd. Tien, twintig, dertig keer hetzelfde, noot voor noot, hortend, stotend, haperend. Met zijn voet tikte Tom de maat, hardop tellend: ene tweeje, ene tweeje. Als klauwtjes stonden zijn vingers op de snaren. Tenslotte vormde zich dan uit die chaos van klanken iets dat in de verte op muziek leek.

Naarmate de winter vorderde groeide Johans ongeduld. Er zat geen schot in het gitaarspel van Tom. Het was zoiets als een tuin aanleggen en beginnen met het verzamelen van zandkorrels. En wat een iel geluid. De gitaar, verrukkelijk orgiastisch verlengstuk van je lichaam, gereduceerd tot een laf en krachteloos instrument voor mensen als de ouders van Felix, die geen dieren aten en geen bloemetjes vertrapten in het veld, die zich zonder verzet zouden laten doodschieten als er maar geen ruwe taal bij gebezigd werd.

Johan begreep dat het hoog tijd werd dat hij Tom zelf de fijne kneepjes van het gitaarspelen bijbracht. Het was al lente, buiten stonden de knoppen op springen, alles barstte van energie en levenslust, maar Tom zat ingetogen achter zijn muziekboek met zijn linkervoet op een krukje miezerige nootjes aan de gitaar te ontfutselen.

'Wat zou je ervan zeggen als ik je eens de beginselen van de rock en de blues leerde,' vroeg Johan.

Verstrooid veegde Tom met zijn vingers over de snaren.

'Ik bedoel,' verduidelijkte Johan, 'wat simpele akkoorden en ritmes. Je wilt toch ook wel eens een nummertje pure onvervalste rock spelen?'

'Vittorio Knop zegt dat 't allemaal rotzooi is,' zei Tom,

'hij zegt dat 't niets met muziek te maken heeft.'

'Dat is dan zielig voor Vittorio Knop,' zei Johan.

'Waarom?' vroeg Tom.

'Hoe zou jij het vinden als er geen rock-and-roll was?'

'Hoe bedoel je?'

'Nou, als het gewoon niet bestond, nooit was bedacht door iemand.'

'Rottig,' zei Tom.

'Voor Vittorio Knop bestaat de rock-and-roll dus niet,' zei Johan.

'O...' Een vaag lachje gleed over Toms gezicht.

'Wat doen we, zal ik je wat akkoorden leren?'

Tom knikte.

Ze hadden zeker al drie zaterdagochtenden geoefend, als het er geen vier waren. Van buiten drongen allerlei geluiden door: het maaien van gras, het starten van auto's, gelach en gepraat, pianomuziek. Ergens in huis jammerde Roelie en verhief Lisa haar stem.

Toms haar hing in plukken voor z'n ogen. Zijn gulp stond half open. Onder op de gitaar zat een rose stuk kauwgom geplakt. Voortdurend manoeuvreerde hij zijn linkerhand in een andere stand, van hol gebogen tot plat tegen de achterkant van de gitaarhals aan. Af en toe rukte Johan aan zijn elleboog of riep: 'Ga wat rechterop zitten, je ligt met je neus op de snaren.' Hij wist niet meer hoe hij zijn vingers moest bewegen, zijn arm, zijn elleboog, zijn hele lichaam. Alles prikte. Van achter een muur klonk zijn vaders stem: het C-akkoord, D-mineur, A-zeven, barré, je duim, je wijsvinger, je pink. De gitaar was loodzwaar geworden, een onhandelbare klankkast met een steel eraan. Er was geen vat op te krijgen. Af en toe keek Tom tersluiks omhoog. Vanonder zijn haar zag hij zijn vaders wenkbrauwen in een diepe frons. Hij leek op de pelsjager in *Alexej's vossejong,* zoals die op de ruw geschetste illustratie keek, op het moment dat hij ontdekte dat iemand zijn strikken en klemmen had leeggeroofd: de borstelige wenkbrauwen naar de neuswortel gebogen, een diepe vertikale rimpel ertussen, zijn dikke haar recht overeind, zijn lippen strak toegeknepen.

Ik wil dat het ophoudt, dacht Tom.

'Maar dat is het C-akkoord toch niet,' riep zijn vader, 'verdomme, ik heb het je wel twintig keer voorgedaan, het C-akkoord is het makkelijkste dat er bestaat. Geef de gitaar maar weer hier, dan zal ik het je nog één keer voordoen.'

Willoos liet Tom zich de gitaar afnemen. Zijn vaders vingers bewogen zich over de snaren als sprinkhanen, die zich van de ene grasspriet naar de andere haasten. Tom zag alleen de beweging. In gedachten zag hij knikkers rollen, doorschijnende, geaderde, melkwitte. Hij richtte ze stuk voor stuk op een zelfgegraven putje, maar halverwege kregen ze een afwijking naar links of naar rechts en gingen hun eigen weg. Tenslotte was zijn knikkerzak zo plat als een leeggelopen ballon. Ik win ze allemaal terug, dacht hij. Zijn vader speelde maar door. Hij was nu in de stemming gekomen en speelde zijn eigen muziek met half gesloten ogen, vage teksten murmelend.

Achter zijn vader zag Tom de tuin glinsteren in het zonlicht. De spitse, licht bewegende blaadjes van een wilg deden hem denken aan kanoën op een meer. Tussen de bladeren van de planten op de vensterbank door gluurden drie paar ogen de kamer binnen, zag hij nu. Er werden grimassen getrokken. Iemand stak zijn tong uit. Een ander hield een voetbal omhoog, zodat hij boven de planten uitstak, wees erop en maakte een vragende beweging met zijn hoofd.

Tom knikte.

Hij keek naar zijn vader, stond zo onopvallend mogelijk op en liep op zijn tenen naar de deur.

'Hé, waar gaat dat heen?' Bruusk draaide Johan zich om.

Tom wees naar het raam. 'Ze vragen of ik kom voetballen.'

Verbaasd keek zijn vader naar buiten.

'Wie zijn dat?'

'Jongens van de voetbalclub.'

'Zijn dat die rotjongens die je blokfluit vernield hebben?'

Tom haalde zijn schouders op.

'Nou?'

'Ik weet niet.'

'Ik weet niet? Ik weet niet? Je weet toch wie dat waren?'

Tom staarde naar de parketvloer.

'En ga je nou gewoon met ze voelballen alsof er niets gebeurd is?'

Achter zijn rug drukte Toms hand de deurklink zachtjes naar beneden. De deur opende zich op een kier. Met zijn ene schouder duwde Tom hem verder open, zodat hij achterwaarts de keuken in kon.

'Leuk is dat,' riep Johan, 'en wij maar instrumenten voor je kopen, blokfluiten, gitaren, noem maar op.'

Tom opende de buitendeur en sprong naar buiten als iemand die zeeziek een schip verlaat en haastig op de vaste wal springt.

Op een rij verlieten ze de tuin. De voorste sprong in plaats van het te openen sierlijk over het tuinhek heen, de anderen volgden zijn voorbeeld. Tom haalde diep adem. De geur van pas gemaaid gras prikkelde zijn neusvleugels.

De meisjes van de suikerwerkfabriek

'Wie wil er nog een bonbon?' vraagt Cora.

Haar mollige hand maakt met de half leeggegeten doos een vluchtig rondgaande beweging. Niemand schenkt er aandacht aan. Trix vist een blonde haar uit haar mond, waarvan niet uit te maken is of het er een van haarzelf of van hem is. Lien doet vergeefse pogingen om een sigaret aan te steken. Haar handen trillen. Ik zit maar naar ze te staren in de vage verwachting dat een van hen uitleg zal geven over het gebeurde of een soort verantwoording zal afleggen. Bestaat er voor het vergrijp waaraan we ons schuldig gemaakt hebben een woord, een naam of een juridische term?

'Ik ben zelfs m'n bonbons vergeten,' zegt Cora, 'kan je nagaan.' Ze haalt de schade nu ruimschoots in. De ene na de andere verdwijnt in haar cyclaamrode mond.

'Godverdomme,' zegt Lien en kijkt ons door haar dikke brilleglazen een voor een veelbetekenend aan. We lachen zenuwachtig.

Trix' ogen zijn lichter blauw dan ooit. 'Als ze vragen gaan stellen,' fluistert ze, 'dan weet ik nergens van.'

'We weten er geen van allen iets van.' Cora's vingers peuteren aan een rose zilverpapiertje. 'Laat ze maar komen.'

'We hebben hem nog nooit gezien.' Met rukkerige bewegingen neemt Lien de loodzware bril van haar poppeneus, niet zonder gevoel voor dramatiek haar halfblinde ogen ontblotend. 'Nog nooit,' zegt ze bezwerend. Dan, alsof ze geschrokken is van haar geladen woorden, strijkt ze opnieuw een lucifer af en doet een wilde trek aan haar sigaret. Ditmaal brandt hij onmiddellijk en de rook trekt als bij een experimenterend kind regelrecht haar slokdarm in, waar hij een hevige hoestprikkel opwekt die de tranen over haar wangen doet stromen.

Mijn gedachten verdringen elkaar koortsachtig, in hun haast over elkaar struikelend, en hoewel ze er elk op uit zijn klaarheid te verschaffen, veroorzaken ze niets dan verwarring. Hebben wij onszelf, hoewel ieder een eigen leven leidt tussen het moment waarop we 's avonds vermoeid de trein uitstappen en de volgende ochtend als we onze doezelige, lome lichamen de treeplank ophijsen, in het dagelijks samenzijn tussen de wielen ongemerkt aan elkaar uitgeleverd en zijn we door de gebeurtenis van deze ochtend voor eeuwig aan elkaar geklonken? Hoe kunnen er in het warme gevoel van lotsverbondenheid, dat door mij heen stroomt, steeds bressen geslagen worden door de beklemmende gedachte, dat mijn medeplichtigheid daarvan de oorzaak is.

We naderen onze bestemming. Het strakke polderlandschap met rechte sloten zal spoedig overgaan in een lappendeken van volkstuintjes die de stad aankondigen. Tot nu toe heb ik elke dag gehuiverd bij het idee te moeten wonen in een van de boerderijen in het geometrische niemandsland. Vandaag niet: de wereld is ineengeschrompeld tot deze coupé en degenen die zich erin bevinden.

'Een van u zal mij voor zonsopgang verraden,' zegt Trix met een holle, gedragen stem en ik verbeeld me dat de blik die ze in mijn richting werpt bedoeld is om me eraan te herinneren dat ik de nieuwkomer in het gezelschap ben.

'Ach onzin,' roept Cora, 'we zitten allemaal in hetzelfde schuitje.' Als elke ochtend gooit ze de lege doos in de prullenbak onder het raam en zucht voldaan. Ze heeft ontbeten.

Al jaren reisden zij samen in deze coupé, die zich in het uiteinde van de trein bevond, in het puntje van de staart dat meestal buiten de overkapping van het station tot stilstand kwam alsof het er niet werkelijk bijhoorde en onderweg verloren zou kunnen worden zonder dat iemand het merkte. 's Morgens bezette een van hen de coupé en hield hem vrij van indringers.

Was voor de anderen deze dagelijkse reis al een ingesleten gewoonte, voor mij was het nog geen maand geleden dat ik deze route voor het eerst aflegde. Nadat we elkaar op het werk hadden leren kennen nodigden ze me uit in hun heiligdom, hun coupé, alsof deze speciaal gereserveerd was voor het personeel van de suikerwerkfabriek. Door hun aanwezigheid kreeg de ruimte de intimiteit van een huiskamer of een stamcafé: de doos bonbons van Cora stond als een pot koffie of een fles jenever centraal op het uitklaptafeltje, Lien die zichzelf geen moment van ledigheid gunde zat te breien en Trix lag languit met haar slanke, in glanzende nijlons gestoken benen op de bank in een modetijdschrift of roddelblad te bladeren. Ze wisselden ervaringen uit, gaven elkaar op een laconieke manier raad en lachten het hardst om hun eigen ellende. Het wereldgebeuren was voor hen net zo iets als het wisselende, ongrijpbare landschap achter het raam: het voltrok zich buiten hun invloed om en al vonden er steeds veranderingen plaats, in wezen bleef alles aan zichzelf gelijk en had het geen zin er woorden over vuil te maken.

Door de drie oudere conducteurs die op deze lijn dienst deden werden ze 'de meisjes' genoemd. Elke dag bood

Cora ze een bonbon aan, maar ze bleven hardnekkig bedanken. Niet zonder weerzin gingen hun ogen van de doos naar Cora's omvangrijke gestalte alsof die tot in de bolle vingertoppen gevuld was met bonbons en er louter kersenlikeur door haar aderen stroomde.

Maar wanneer ze verkouden waren of er bleek en afgetrokken uitzagen lieten ze zich graag door haar bemoederen. Maakte Cora een opmerking over hun buikjes, voortschrijdende kaalheid of potentie dan protesteerden ze alleen voor de vorm.

Trix, als object van hun mateloze bewondering, schroomde niet die te voeden: zodra de deur werd opengeschoven nam zij een behaagzieke houding aan. De blik van de dienstdoende conducteur vestigde zich onmiddellijk trefzeker op de verleidelijke passagier, waarna hij betrapt en beschaamd naar Cora gleed, die het lijdzaam gadesloeg.

Met Lien spraken ze over de laatste voetbalwedstrijd, over schaatsen, boksen en wielrennen, al naar gelang het seizoen. Er was geen tribune waarop zij en haar man in het weekend ontbraken en al liet ze ook daar haar breipennen dansen, ze wist precies wat er zich afspeelde.

Voor de conducteurs was de coupé een rustpunt in een trein vol wisselende passagiers. Vertederd vergaven ze de meisjes hun vergeetachtigheid als ze hun treinabonnement niet tijdig verlengd hadden. Soms zelfs liet een van hen de trein wachten terwijl Cora koffie uit een stationsautomaat haalde en met haar matronelichaam terugwaggelde naar het bijna vergeten, er half bij bungelende uiteinde van de trein.

Door het glas in de tuindeuren zag ik onnatuurlijk grote, rode tulpen die op de een of andere manier de toespraak benadrukten, die mijn vader tegen mij hield, terwijl we met zijn drieën aan de ovale tafel zaten onder de met shantung beklede hanglamp die zwart zag van de vliegepoep, mijn vader, mijn moeder en ik.

'Ze heeft een boekje over je opengedaan,' zei mijn vader geheimzinnig en dreigend.

Ik verplaatste mijn voet onder de tafel, stootte op een andere, zacht bewegende voet en trok abrupt de mijne terug.

'Ik moet zeggen, het is fraai zoals jij alle kansen die je geboden worden weet te verspelen.'

Mijn moeder haalde haar neus op.

'Het enige waarin je een indrukwekkende vindingrijkheid tentoonspreidt is spieken, heeft ze gezegd.' Met zijn vingers trommelde hij op tafel. 'Je schijnt het te hebben gepresteerd voor de klas een gedicht op te zeggen, waarvan je de tekst met een veiligheidsspeld tussen de plooien van je rok had vastgemaakt, zodat je alleen maar af en toe een blik naar beneden hoefde te werpen.'

Vluchtig keek ik naar mijn rok. Het was niet dezelfde van toen, herinnerde ik me, maar wel net zo'n model: meters wijd met drie petticoats eronder. Een voor een had Ruud ze naar beneden getrokken. Halverwege bleef hij met zijn vingers haken in het schuimrubber van de zachtgele; er zat nu een gat in.

'En dat allemaal terwijl buiten van dat schorem met bromfietsen ongegeneerd de klas in stond te kijken en naar je lachte en floot.'

Overgoten door zonlicht dat schitterde in het chroom van hun sturen en koplampen tartten ze de school en alle imbecielen die er les gaven. Vooraan stond, schuin tegen zijn brommer leunend, in het zwart, Ruud. De enige kleuren aan hem waren het blauw van zijn half toegeknepen ogen en het rode kopje van de lucifer, die hij grijnzend tussen zijn tanden heen en weer liet bewegen. Af en toe streek hij loom met zijn hand door zijn achterover gekamde kuif.

Als in trance galmde ik:

Wat kan ik, zonder U,
als eeuwig, eeuwig sterven;
wat heb ik, zonder U,
dat ik beminnen zal?

Nerveus tikte juffrouw Kalmoes op het raam en gebaarde de jongens te verdwijnen. Ze was niet meer dan een machteloze mus met haar vaalbruine mantelpak en haar peper-en-zoutkleurige permanent. Onvoorstoorbaar keken de jongens naar haar als naar een uitheemse aap die gekke sprongen maakt. In de klas heerste een stemming als in een hondenkennel wanneer er nieuwe bazen in de kooien gluren. De klas blafte bijna. Onder de verbeten blik van de lerares zette ik mijn voordracht voort:

Henen laat mij,... laat
daar 't altijd zomer is
en zonnelicht mij spoeien...

'Nergens heb je belangstelling voor,' zei mijn vader, 'behalve dan voor het andere geslacht.'

'Met zo'n meisje trouwen ze niet,' vulde mijn moeder zachtjes aan, 'ze lopen achter je aan, ze gebruiken je en gooien je weg, en uiteindelijk nemen ze een fatsoenlijk meisje.' Ze zag er bleek en bloedeloos uit. Diepe kringen had ze onder haar ogen. Het is geen pretje, dacht ik, om je hele leven met mijn vader op te trekken. Ik ben er nu al doodop van.

'We zijn ten einde raad, je moeder en ik,' vervolgde mijn vader. Uit de binnenzak van zijn colbert haalde hij het horloge tevoorschijn dat hij gekregen had ter gelegenheid van zijn vijfentwintigjarig jubileum als onderwijzer. Hij wierp er een schuine blik op en borg het weer op. Het was zijn bridge-avond, erg lang kon het dus niet meer duren.

'Eerst hebben we het op de middelbare school met je geprobeerd en toen dat niets uithaalde dachten we: laten we haar op de huishoudschool doen, dan leert ze tenminste koken en naaien. Maar ook daar blijkt het niets anders te zijn dan gedonderjaag en leegloperij.'

Traag cirkelde een vlieg rond zijn hoofd. Hij moest in huis overwinterd hebben, de loomheid van de winterslaap hield hem nog gevangen. 'Je weet, je vader is een socialist.' Met een ongerichte handbeweging veegde hij de vlieg weg. 'Vrijheid, gelijkheid en broederschap heb ik hoog in mijn vaandel staan. Maar ik weet ook dat het grauw, de grote massa, gespeend is van alle cultuur. Als ze maar niet na hoeven te denken, dan zijn ze in hun element. En het is treurig, maar jij schaart je daar nu bij. Ik had voor mijn dochter een betere toekomst uitgestippeld, maar jij beslist anders. Kortom,' hij schraapte zijn keel, 'ga jij maar werk zoeken. Dondert niet wat: winkelmeisje, hulp in de huishouding, in de fabriek, kantoren schoonhouden, noem maar op.'

Alsof ze mijn doodvonnis had horen uitspreken wierp mijn moeder een geladen blik op mij, waarin medelijden en schaamte om voorrang streden. Gelaten zat ze erbij, slachtoffer van haar dochter.

Ik deug niet, dacht ik.

Werkte ik maar vast in een winkel of in een fabriek, het kan nooit zo slopend zijn als met mijn ouders in deze kamer te moeten zitten en ze zulke vreselijke dingen te horen zeggen, waar ik niets tegen in kan brengen. Als ik mijn ogen afwend om ze niet te hoeven aankijken, is er niets dat troost biedt. Alles wekt een mateloze moeheid in me op: de gedrapeerde worteldoek boven de schoorsteenmantel, de sanseveria's op de vensterbank, de portretten aan de muur van dode familieleden waar iedereen een hekel aan had en de zware leunstoel van mijn vader met een slijtageplek in het midden, die steeds aan zijn lichamelijkheid herinnert. Wat ben ik mijn vader moe.

Hoe mijn zusje en ik na schooltijd op hem moesten wachten, totdat hij met minutieuze precisie zijn schriften en boeken gerangschikt en in zijn aktentas geschoven had, zijn pen, gum en lineaal opgeborgen in een speciaal laatje, het bord schoongesponsd, de banken in gelid opgesteld, propjes papier in de prullenbak geworpen, de schooldeur gesloten, rondhangende kinderen van het plein verjaagd. Hoe hij vervolgens, op het punt met ons de drukke, door zware kastanjebomen overschaduwde verkeersweg voor de school over te steken met zijn ene hand de nek van mijn zusje omvatte en met zijn andere hand de mijne, zeggende: 'Eerst naar links kijken, dan naar rechts en dan nog een keer naar links.' En hoe wij tezamen, in volmaakte harmonie, de straat overstaken.

'La douce France,' zei hij, mij van boven mijn Franse themaboek dat hij opengeslagen voor zich hield indringend aanziend. 'La dous Fráánse.' Een douche van speeksel trof mijn gezicht tussen zijn getuite lippen vandaan. 'Frankrijk is de bakermat van de Westeuropese cultuur. Het heeft beroemde filosofen, pedagogen, schilders, literatoren, politici voortgebracht. De Fransen zijn niet zo'n onbehouwen volk als de Hollanders. Zij sprrreken vóórrr in de mond.' De r sprak hij uit als een zangvogel.

Ik was nooit in Frankrijk geweest en hoopte er ook nooit te komen.

Behalve Cora werkten we allemaal op de dropafdeling. Waar de vloeibare drop neerdrupte in de vormpjes hield Trix toezicht. Soms verliep de toevoer van de drop te snel; als hete pek kolkte de vloeistof uit de vormpjes, drupte van de plaat af en vormde een glimmend zwarte rivier onder de machine. Zo snel mogelijk zette Trix dan het hele proces stil en zocht een monteur om het mankement te verhelpen. Inmiddels strekten wij onze ruggen. Met vier vrouwen werkten we aan het eind van de band, waar de dropjes in cellofaanzakjes kwamen aanrollen; het was onze taak ze dicht te smelten. We zegenden de haperingen van de machine, soms baden we erom, alleen al om het stilvallen van het lawaai, dat onze lichamen en geesten murw maakte.

Cora zat bij de bonbons. Elke namiddag ontvreemdde ze een doos voor de volgende ochtend. Mijn ogen moeten uit mijn hoofd gepuild hebben, de eerste keer dat ik Cora zag ontbijten. Met mollige, beringde handen peuterde ze het ene papiertje na het andere los. ‘ ’n Mens moet wat,’ zei ze. Nadenkend streek ze een zilverpapiertje glad. ‘Thuis kan ik nou eenmaal geen hap door m’n keel krijgen ’s morgens.’

Bijna twee zitplaatsen nam ze in beslag. In haar paarse jurk met felgele nopjes leek ze een geweldig paasei. Boven haar hoofd hing een foto van een slanke vrouw in een witte jurk, die op een oud-Hollands ophaalbruggetje leunde.

‘Hoe komt dat?’ vroeg ik.

‘M’n man,’ zei Cora, ‘hij is ziek, al zo’n zes, zeven jaar. De ziekte van Parkinson, zei de dokter indertijd. Nou hij wordt bedankt, zei ik, waarom heeft hij die smerige ziekte niet bij zich gehouden? Wat moet mijn man ermee?’

Haar donkerbruine ogen keken mij verontwaardigd aan alsof het gisteren had plaatsgevonden. Ik voelde me ongemakkelijk, alsof ik medeschuldig was. De ergste ziektes konden zomaar van de ene dag op de andere toeslaan. Miljarden bacteriën en virussen loerden dag en nacht op een kans in ons lichaam binnen te dringen en op onze zwakste plekken hun vernietigingsslag te beginnen. Nog geraffineerder waren de kwaadaardige elementen, erfenissen van voorouders, vanaf onze geboorte in ons lichaam aanwezig, rustig afwachtend tot ze de tijd rijp achtten om zich te openbaren. Ik hoefde er alleen maar aan te denken om warm en zweterig te worden van angst en pijn te voelen op willekeurige plekken in mijn lichaam.

'Hij heeft geen controle meer over zijn bewegingen,' zei Cora, ' 's morgens moet ik hem wassen, aankleden, naar beneden loodsen en zijn pap voeren, waarvan de helft voortdurend als kwijl over zijn kin druppelt.' Ze gaapte hartgrondig. Haar tong was een glimmend rose diertje dat zich kromde. 'Nu zijn de kinderen uit huis en heb ik er een groot kind bijgekregen.'

Cartoons van groteske manwijven met barse gezichten, die een tegenstribbelende echtgenoot onder de arm droegen alsof hij een takkenbos was, kwamen me voor de geest.

'Soms wil hij met alle geweld fietsen,' zei Cora, 'maar hij is al drie keer onderweg van zijn fiets gevallen.'

'Je moet hem rustig laten fietsen,' zei Trix, 'misschien valt hij een keer dood.' Dromerig staarde ze naar buiten; mistslierten dreven bij vlagen voorbij. Haar lange wimpers raakten haar wangen, wanneer ze haar ogen sloot.

'Dan heeft ze toch niemand meer om voor te zorgen.' Met een geruite mannenzakdoek wreef Lien haar brilleglazen schoon. Haar muize-oogjes met wallen eronder keken in de richting van Cora, die haar schouders ophaalde.

De eerste week kwam ik 's avonds uitgeput thuis. Mijn ledematen voelden beurs aan, mijn ruggegraat leek op verschillende plaatsen geknapt als de mast van een zeilschip na een zware storm; met geen mogelijkheid kon ik rechtop zitten. Mijn vader herinnerde me aan m'n tafelmanieren en mijn moeder keek zorgelijk; ik vroeg me af of ze een nieuwe debâcle vreesde of bang was voor mijn gezondheid en was in mijn vermoeidheid geneigd het negatiefste aan te nemen. Als ik eindelijk in bed lag, kon ik niet in slaap komen. In het labyrint onder mijn schedeldak krioelden beelden van de afgelopen dag en galmden de echo's van ratelende machines, flarden muziek en menselijke stemmen, die er boven uit probeerden te komen.

's Morgens in de trein, nog vermoeider dan de avond tevoren, vroeg ik me af hoe de anderen dit nu al jaren volhielden. Als dit mijn voorland is, dacht ik, dan ben ik liever dood. Maar onmiddellijk begon dan in mijn gedachten m'n vader te protesteren, niet tegen mijn dood, maar tegen mijn afkeer van het werk. Met kracht sprak hij zijn meest geliefde leuzen uit: arbeid adelt, recht op werk, proletariërs aller landen verenigt u, ledigheid is des duivels oorkussen, de handen uit de mouwen steken, vele handen maken licht werk. Zijn stem schalde, hij lachte kwaadaardig en maakte uitzinnige koprolletjes, roepend: we leven om te werken, we leven om te werken.

Zoals voor iedereen die zijn werk verafschuwt was de maandagochtend het zwaarst; de week was een berg waar een kei tegenop gezeuld moest worden.

Eerst dacht ik dat het dat lamlendige begin-van-de-week-gevoel was waardoor Trix bij onze binnenkomst nors uit het raam bleef kijken, hoewel de langs het glas naar beneden sijpelende regendruppels het uitzicht vertroebelden. Als een hond die zich droog schudt ontdeed

Cora zich van haar regenjas, waarbij de druppels ons in het gezicht spatten. Ze ging tegenover Trix zitten, onder diep gezucht van de bank toen haar volle gewicht erop neerkwam. Met een geroutineerd gebaar opende ze de doos bonbons. Daarna leek ze tot rust te komen en kreeg ze aandacht voor de buitenwereld.

'Jezus,' riep ze en staarde ontzet naar Trix, 'wat is er met jou gebeurd?'

Trix haalde haar schouders op. Hun profielen, dat van Cora met een van verbijstering opengezakte mond, tekenden zich af tegen het raam.

'Wie heeft dat in godsnaam gedaan?' riep Cora.

'Dolf,' zei Trix onverschillig.

'Moet je eens zien,' zei Cora. Haar zware gestalte boog zich voorover. Met ongewone tederheid nam ze Trix' gezicht tussen haar handen en keerde het naar ons toe.

'Godsamme,' zei Lien.

Even leek het, door de halve duisternis in de coupé, alsof Trix' linkeroog eruit gerukt was en vanaf haar wenkbrauw tot halverwege haar wang een donkere krater had achtergelaten. Ik had de coupé wel uit willen sluipen om het niet te hoeven zien. Gezichten met wijnvlekken, lodderogen, hazelippen, spastische mensen, gebochelden, mongolen, invaliden, als ik niet keek, dan bestonden ze ook niet. Roerloos keek ik naar Trix' linker gezichtshelft. De huid was donkerpaars gezwollen. Haar ooglid was opgezet en bedekte bijna het hele oog; ik vroeg me af of ze er nog iets mee kon zien. Dwars door haar wenkbrauw liep een jaap van gestold bloed. Het zag eruit alsof het nooit meer goed zou komen, alsof ze zich de rest van haar leven met een gezicht zou moeten behelpen dat een schreiend contrast in zich droeg: de ene helft behoorde toe aan een engel, de andere helft aan een melaatse. Haar goede oog, anders felblauw, was nu grijs en uitdrukkingloos.

'Waarom?' vroeg Cora.

'Omdat 't een klootzak is.' Trix wendde haar hoofd weer af en keek naar de grond. Het was heel stil in de coupé. De regen striemde langs het raam. Mijn natte kousen begonnen te drogen. Het jeukte, maar ik durfde niet te krabben.

'Doet het pijn?' hoorde ik mezelf met een schorre stem vragen.

'Hier doet t' pijn,' zei Trix, legde niet zonder pathetiek een hand onder haar linker borst en keek ons vluchtig aan met haar ene oog.

'Wat is er dan gebeurd?' vroeg Lien.

Trix zuchtte. 'Ik wist wel dat ik het aan iedereen zou moeten uitleggen. Het liefst zou ik me een maand lang verbergen. Wat moet ik vertellen? Zaterdagavond is het begonnen. Op de bruiloft van mijn broer. Eppo Engelhardt, een vriendje uit mijn jeugd. Die was er ook. Ik had hem in geen jaren gezien. De laatste keer was hij nog een mager jongetje met sproeten, ik won van hem met vechten. Hij was een hele kerel geworden met een ruige zwarte baard, ik keek mijn ogen uit. Hij trouwens ook. Als Eppo er niet was geweest, was er niets gebeurd. Wat is het hier benauwd. Kan er geen raam open?'

'Dan regent het in,' zei Cora.

'We hebben gedanst tot we er bij neervielen. En veel gelachen. Het is gek,' haar toon daalde, we bogen ons naar haar toe, 'maar ik dacht even: hier leef ik voor, om heel af en toe zoiets als dit mee te maken.'

Ze zweeg.

'Wat moet ik vertellen? Het is gebeurd.'

'Wat is er gebeurd,' vroeg Lien opnieuw.

Trix bestudeerde haar nagels. 'Hoe meer ik me vermaakte, hoe meer Dolf de pest in kreeg. Met een onheilspellende blik in zijn ogen liep hij rond alsof hij iedereen wel met een mitrailleur zou willen neermaaien. Om half twaalf trok hij me van de dansvloer. Hij wou naar huis. "Ga maar vast," zei ik, "ik kom later wel." Maar hij wou niet alleen gaan. "Dan blijf je nog," zei ik, "mijn broer trouwt maar een keer." "Dat valt nog maar te bezien," zei hij. "Als je niks leukers weet," zei ik en trok me los om verder te dansen. Maar hij kwam me achterna en siste tussen zijn tanden: "Jij gaat met mij mee naar huis of ik doe je wat!" Toen werd ik ook giftig. Zachtjes zei ik in zijn oor: "Sodemieter op man en laat mij met rust." Woedend draaide hij zich om. Even later was hij nergens meer te bekennen. Ziezo, dacht ik, die zijn we kwijt.'

Ongemakkelijk schoof ze heen en weer. 'Heeft iemand een sigaret voor me?'

Haastig grabbelde Lien in haar tas en stopte Trix het hele pakje in de hand met een begerige uitdrukking op haar gezicht als iemand die de zoveelste gulden in de juke-box stopt om hem door te laten spelen.

'Ik zie er niet uit, hè? Vertel eens eerlijk: is het echt afschrikwekkend?'

'Het is meer alsof je een ongelukje hebt gehad,' loog Cora.

'Denk je,' zei Trix gretig, 'dat ze me zullen geloven als ik zeg dat het een ongeluk was?'

'Ga nou door,' zeurde Lien.

Iets minder gespannen ging Trix verder: 'Om een uur of drie kwam ik thuis. Alle lichten brandden. Het enige verlichte huis in de hele straat. Niets aan de hand, zei ik tegen mezelf. Maar toen ik binnen kwam schrok ik me dood. Hebben jullie wel eens een verkeersongeluk gezien, met iemand badend in het bloed op de grond? Zo lag Dolf erbij, helemaal slap, op de bank, vol rode vlekken op zijn kleren. Toen ik dichterbij kwam zag ik dat het rozeblaadjes waren van een bos donkerrode rozen die ik vorige week op onze trouwdag van hem had gekregen. Stuk voor stuk had hij ze afgeplukt, het leken er honderden. Door zijn wimpers lag hij naar me te loeren. "Madam komt eindelijk thuis," zei hij, "half vier." "Ja," zei ik, "en ze gaat meteen naar bed." "Ho ho!" Hij stond op. De bloemblaadjes vielen op de grond. Met een ijzeren greep pakte hij me bij m'n arm. "Nu is het mijn beurt," riep hij. De aderen op zijn voorhoofd waren gezwollen en zijn ogen bloeddoorlopen met een koortsige blik erin, zoals bij dieren in de dierentuin, die in een kleine kooi almaar heen en weer lopen. Ik kreeg minachting voor hem, ik wilde dat ik hem nooit gekend had. "Ik ga naar bed," zei ik nog eens. "O nee." Mijn arm werd bijna fijngeknepen. "Dat gaat zo maar niet. Na alles wat jij uitgevreten hebt is het nu mijn beurt." "Uitgevreten?" zei ik, "je maakt me misselijk. Je kent Eppo niet eens." Nou,' laconiek haalde ze haar schouders op, 'en toen gebeurde het. Wat moet ik er over vertellen, jullie kunnen het zelf zien.'

Eigenlijk wilde ik helemaal niet naar Trix kijken, maar toch kon ik mijn ogen niet van haar afhouden. Haar gezicht had altijd in zijn gladde volmaaktheid onaantastbaar geleken. Dat de dwaze gevoelens in een heel ander lichaam, samengebald in een uitschietende vuist, daar verandering in konden brengen en zulke naargeestige sporen nalaten vond ik angstaanjagend. Inmiddels verging ik van de jeuk aan mijn benen. Het kwam me voor dat jeuk, als je door omstandigheden niet kon krabben, minstens even kwellend was als pijn.

'Viel je flauw?' vroeg Lien.

'Ja, nee, half.' Trix liet haar hoofd hangen. 'Ik viel op de grond. Mijn oren suisden. Het drong maar half tot me door dat hij intussen mijn avondjurk omhoog stroopte. Met zijn ene hand omklemde hij mijn polsen boven mijn hoofd. Af en toe hoorde ik hem vloeken. Het was of er geen eind aan kwam.'

'Wat een zwijn,' zei Cora, 'mijn handen jeuken.'

Ze had eens twee ruziënde mannen met de hoofden tegen elkaar geslagen, vertelde men op de fabriek, ze moest ijzingwekkend sterk zijn. In een visioen zag ik hoe zij als niets ontziende wraakgodin de man van Trix tussen haar borsten wurgde, tergend langzaam haar schouders naar voren brengend, een vage glimlach op haar lippen, een bonbon tussen haar tanden.

Ademhalen was bijna onmogelijk geworden. Condens van verdampende regendruppels uit onze kleren en haren was neergeslagen op het raam. We zaten in een stoomketel onder hoge druk.

'Wat ga je nu doen?' vroeg Lien.

Met haar ene oog staarde Trix naar de punt van haar schoen. Het lange haar schoof voor haar gezicht.

'Ik kan niet zonder hem,' zei ze. Met trillende vingers trok ze nog een sigaret uit het doosje.

Niemand zei iets. Lien pakte haar breiwerk. Cora nam nog een bonbon, ik krabde eindelijk mijn benen.

We hadden de grens van het begrijpelijke bereikt en waren gestuit op de kwellende tegenstrijdigheden die in ieder van ons huisden en die misschien wel onze uiteindelijke ondergang zouden veroorzaken. Dat erkenden we stilzwijgend.

Ik wist hoe het was jezelf willoos overgeleverd te weten. Als ik bij Ruud achterop de brommer schoof, boorden de ogen van de meisjes zich in mijn rug. Vroeger bestond ik nauwelijks voor ze, maar nu vroegen ze me dweepziek waar ik mijn jurken kocht en mijn zwarte ballerina's. Ze vroegen hoe ik het klaarspeelde mijn paardestaart zo hoog op te binden. Zelfs m'n slechte rapporten pleitten in mijn voordeel: ze bewezen dat ik de wereld van onze ouders, waarvan ambitie, zelfdiscipline en prestatie de pijlers waren, aan mijn laars lapte.

Het was of hij het wegdek met ons wilde aanvegen, zo dicht naderden we het plaveisel wanneer Ruud in volle vaart de bocht om ging. Met mijn ene hand hield ik mijn rokken bij elkaar, met de andere klampte ik me vast aan zijn stugge leren jas. De anderen waren op het plein achtergebleven onder het blauw-witte uithangbord van Milano, de ijssalon. Ze zouden wel snel ieder huns weegs gaan nu Ruud vertrokken was. Hij was onmisbaar. Zijn aanwezigheid maakte hen tot groep.

Het motregende. De mededeling dat de vorst zich had teruggetrokken tot in Noord-Scandinavië had met het overige nieuws bij mij thuis de maaltijd opgeluisterd. 'Er kan nog van alles gebeuren,' zei mijn vader, 'ik herinner me een elfstedentocht in maart. Koning Winter is nog niet verslagen.' Dat was voor de kinderen op school, dat Koning Winter.

De atmosfeer was bijna lauw. Ik was nog nooit in dit deel van de stad geweest. De huizen waren vier, vijf verdiepingen hoog en vormden twee muren met een smalle straat ertussen. Op iedere hoek was een café waarvoor mensen rondhingen alsof het een zomeravond was. Op een sinaasappelkistje zat een klein meisje aan een rietje te zuigen, dat uit de hals van een limonadeflesje stak.

We stopten voor de flauw verlichte etalage van een meubelzaak. Ruud zette de brommer tegen de pui en viste een sleutel uit zijn zak, waarmee hij de winkeldeur opende. We glipten naar binnen. Zorgvuldig deed Ruud de deur achter ons op slot. In het vage lichtschijnsel stonden bankstellen, kasten, eethoeken onbezield en niemand tot nut kriskras door elkaar. De vraag: 'Wat gaan we eigenlijk doen?' lag steeds op mijn lippen, hoewel ik het precies wist, maar niet wilde geloven. We liepen tot achter in de winkel waar rechtop staande rollen vloerbedekking de wacht hielden over complete slaapkamerameublementen, die hun tijd afwachtten om door iemand in bezit genomen te worden.

'Van wie is dit allemaal?' vroeg ik.

'Van mijn vader,' zei Ruud nors.

Hij schudde zijn leren jas van zich af en wierp hem op het dichtstbijzijnde bed. In drie stappen was hij bij mij. Even bleef hij roerloos staan. Nu zou hij moeten zeggen dat hij mij mooi vindt, dacht ik, en bijzonder, en dat hij al die tijd alleen maar aan mij gedacht heeft, dat hij gek wordt van verlangen als ik nu niet zou toegeven.

Hij boog zich voorover en drukte zijn lippen op mijn mond. Een van de rollen vloerbedekking prikte in mijn rug. Het is vast cocos, dacht ik, alleen cocosmat prikt zo. Even zat mijn bovenlip klem tussen zijn voortanden en de mijne.

'Heb je het wel eens gedaan,' vroeg Ruud, 'met iemand?'

Ik onderdrukte de neiging om doorgewinterd en onverschillig te doen, alsof ik al een heel verleden achter de rug had. 'Nee,' zei ik eerlijk en ergerde me eraan dat mijn stem zo benepen en schuchter klonk.

Met een weids gebaar in het rond wijzend zei Ruud: 'Welk van deze schitterende bedden vind je het mooiste?'

Onwillig liet ik mijn ogen over de slaapkamerafdeling gaan. De bedden waren monsterlijk, inclusief de nachtkastjes aan weerszijden en de schemerlampjes met goudgalon. Ze leken op het tweepersoonsledikant van mijn ouders, dat pompeus was en preuts tegelijk. Ik gruwde van het idee dat ik erin verwekt was en uit hun lichamen voortgekomen.

'Nou,' zei Ruud, 'zoek er maar een uit.' Er zat een ondertoon van spot in zijn stem.

Met de gehoorzaamheid van een gehypnotiseerde liep ik tussen de ledikanten, lits-jumeaux en twijfelaars door op zoek naar het bed waarin ik datgene met me zou laten gebeuren, waar iedereen het altijd over had zonder erover te spreken, waarvan de meisjes uit de groep dachten dat ik het al lang deed en waarover mijn ouders met toegeknepen lippen het stilzwijgen bewaarden. Aan het eind van de rij ontdekte ik het weerzinwekkendste bed van allemaal: gouden spijlen met dikke glimmende knoppen en mollige engeltjes die trossen bloemen meetorsten.

'Ruud,' riep ik, 'ik heb er een gevonden.'

Hij kwam aanlopen met een dik, gevouwen kleed in zijn handen.

'Dit bed,' zei ik, over de knoppen strijkend, 'is echt fantastisch.'

Ik hoopte dat hij nu mijn spot zou opmerken, maar hij zei alleen 'Prima' en begon het kleed over de satijnige sprei op het bed uit te spreiden. Het offerkleed, dacht ik. Waarom ging ik niet gewoon weg, rechtsomkeert, tussen de bedden door, de vloerbedekking, de eethoeken, de kasten, de zithoeken? Waarvan was ik onder de indruk geweest, de eerste keer dat ik hem zag? Waren het zijn ogen, blauwer dan blauw, die over de hoofden van de anderen heen in de verte keken alsof hij horizonten zag die voor hen onzichtbaar bleven? Was het zijn donkerblonde haar dat precies zo bleef zitten als hij het kamde? Was het zijn zelfvertrouwen?

Ruud streek de plooien in het kleed glad en kwam overeind. Hij legde zijn handen op mijn schouders, keek me veelbetekenend aan en drukte me langzaam op het bed.

Rond mijn twaalfde jaar had de oudste broer van mijn moeder mij zonder kwade opzet gehersenspoeld op het gebied van de erotische fantasie. Sindsdien koesterde ik een droombeeld van de ideale, onweerstaanbare vrouw aan wie ik mijzelf vroeg of laat zou willen toetsen.

'De mooiste vrouwen van Indië,' zei oom Harry, 'waren die van Singaraja. Soepel, verleidelijk, fris als een lotusbloem. Ze wisten wat een man toekomt.'

Ik zag meisjes met tot aan de taille reikend, blauwzwart haar voor me, een gave, lichtbruine huid, een sarong om de smalle heupen en gevlochten bloemen om de hals.

'Harry,' zei mijn vader, 'ik twijfel er niet aan dat de vrouwen van Singaraja lieftallige wezentjes waren, maar wil je er rekening mee houden dat we hier in Holland zijn en dat er twee onschuldige kleine meisjes aan tafel zitten?'

Oom Harry wierp zijn hoofd in de nek en lachte uitbundig. Even keek mijn moeder angstig in de richting van mijn vader, toen giechelde ze achter haar hand.

'Weten jullie wel,' zei oom Harry, 'dat meisjes van hun leeftijd,' zijn blik gleed van Louise naar mij, 'daar al lang rijp zijn en heel geraffineerd een man aan de haak weten te slaan? De Hollandse meisjes,' hij liet zijn stem dalen, 'worden kunstmatig kind gehouden.'

Mijn vader, niet gewend in zijn eigen huis te worden onderwezen, en zeker niet in de losse zeden, stelde hautain voor dat men van gespreksonderwerp zou veranderen.

Stukjes zeep bracht oom Harry voor mijn moeder mee, in romantische verpakking en geurend dwars door het papier heen, flesjes parfum, beschilderde waaiers en turks fruit, allemaal geschenken die in de ogen van mijn vader het toppunt van overbodigheid waren en om diezelfde reden voor ons juist heel begeerlijk. Wanneer Louise en ik erom vroegen schoof oom Harry met genoegen zijn trui omhoog om de littekens op zijn rug te tonen. De Jappen hadden hem gegeseld omdat hij de meest gevreesde maar ook belachelijke onder hen achter zijn rug geïmiteerd had.

Liever waren we een kind van oom Harry geweest en met hem meegegaan naar Indië, als het er tenminste precies zo uitzag als het schilderij bij hem in de kamer beloofde: op de voorgrond diepgroene dessa's omzoomd door palmen, op de achtergrond een spitse berg die zich in de blauwe hemel boorde met een spierwitte top. Waarom smolt de sneeuw niet als het er echt zo heet was als oom Harry zei?

Nadat Ruud met kleine rukjes mijn petticoats en mijn rok naar beneden getrokken had, mijn jarretelletjes losgemaakt en kousen afgestroopt, verplaatste zijn aandacht zich naar het bovenste deel van mijn lichaam. Ik ben een ding, dacht ik, ik laat met mij doen. Hij trok mijn trui uit en ik deed mijn armen omhoog. Als vanzelf schikte ik me in de eeuwenoude traditie die mij de passieve rol toebedeelde. Alleen bij het gefrunnik aan de sluiting van mijn bh moest ik de behoefte het van hem over te nemen onderdrukken. Al deze belachelijke details in de voorbereiding strookten helemaal niet met de voorstelling die ik jarenlang gekoesterd had en die nu eens overhelde in de richting van een onstuimige overmeestering die ons uiteen zou doen spatten in een duizelingwekkend vuurwerk, dan weer in de richting van gevoelige strelingen, verkenningstochten van elkaars lichaam, eindigend in de volmaakte versmelting waarbij we al wat aards was en verdorven achter ons lieten. Als een hatelijk voorwerp wierp hij tenslotte mijn bh van zich af. Daarna gleden zijn koele handen vanaf mijn hals naar beneden. Ik was ongerust omdat ik niet opgewonden raakte en alleen maar heel klinisch en rationeel lag te denken: wat gaat hij nu doen, wat is zijn volgende handeling? Met enkele snelle bewegingen trok hij mijn broekje uit, richtte zich op, ontdeed zich van zijn kleren en liet ze als een hoop lompen op de grond vallen. Even stond hij in al zijn manlijkheid rechtop naast het bed en keek op mij neer. En hoewel ik zeker zo nieuwsgierig was naar zijn lichaam als hij naar het mijne, sloeg ik onmiddellijk mijn ogen neer. Wat voor aanblik bood ik? Ik had mezelf door zijn ogen willen zien. Kon ik maar in het bed wegzinken, door de vloer heen en de bodem van onze stad, dwars door de aarde heen om aan de andere kant van de wereld op een stil en vreedzaam strand te belanden, waar ik met rust gelaten zou worden.

Langzaam liet hij zich voorover zakken om, een en al donkerte, op me neer te komen. Nu moet ik diepe, intense gevoelens koesteren, dacht ik, voor degene die in mijn leven een historisch en nooit meer terug te draaien daad gaat verrichten. Maar van een bewuste, contemplatieve beleving zoals ik mij die ooit gedroomd had kwam niets terecht. Het was of ik met een vlijmscherp mes werd opengestoken. Vanaf het middelpunt van mijn lichaam verspreidde zich een wanordelijk vlammende pijnscheut in alle richtingen tot in mijn vingertoppen, tenen, haarwortels toe. Ik schreeuwde, maar als in een nachtmerrie bracht ik geen geluid voort. Telkens opnieuw stak hij toe, alsof ik van binnen aan flarden moest, alsof ik nooit meer heel en van mezelf zou mogen zijn. Bij iedere pijngolf kreeg ik het warmer, oceanen van levenbrengend vocht verlieten mijn lichaam en vloeiden weg in het dorre bed. Zijn hoofd zakte op mijn schouder; het haar rook aards en menselijk en troostte me op een onbegrijpelijke manier. Ik begroef mijn gezicht erin totdat hij zijn hoofd ophief in een korte schreeuw. Van ver klonk de sirene van een ziekenauto. In een flits leek het me een logisch vervolg van ons samenzijn dat ik nu, gewond als ik was, zou worden afgevoerd naar het ziekenhuis om daar door een alles begrijpende chirurg liefdevol te worden geheeld, zodat ik weer gezond en pril zou zijn als voorheen. Als verlamd lag Ruud op me. Het leek of hij steeds zwaarder werd, mijn longen vulden zich maar half. Tenslotte liet hij zich van me af rollen tot hij op zijn rug naast me lag.

Even keek hij naar het plafond, toen keerde hij zijn gezicht naar me toe. Zijn ogen peilden mijn toestand. Hij vroeg: 'Hoe vond je het?'

'Het deed wel pijn,' zei ik.

'Dat hoort erbij,' zei hij bijna trots en lachte kort.

Hij stak een sigaret op. Tersluiks keek ik naar het gloeiend rode puntje. Het krenkte me dat bij hem de ene vorm van genot zo makkelijk op de andere volgde.

Niet lang daarna werd ik snel en efficiënt naar huis gereden. De motregen was echte regen geworden. Er is niemand om aan te vertellen hoe het geweest is, dacht ik, en huilde met mijn gezicht tegen zijn rug. De regendruppels en mijn tranen mengden zich en drupten op het asfalt, de route van de meubelzaak naar mijn ouderlijk huis markerend.

Op de fabriek waren alle dagen eender.

Zo snel als de band liep, zo traag verliep de tijd. Hier brachten we verreweg het grootste deel van de week door, de rest, de buitenwereld, was maar decor. Het was alsof we in een reusachtige smidse in het binnenste van de aarde werkten, koortsachtig de raderen smerend om haar draaiende te houden, onbewust van wat zich aan haar oppervlakte afspeelde.

Op een middag stapte de chef onze afdeling binnen in gezelschap van een man, die er uit zag als een Amerikaan vanwege zijn sportieve, gezonde gestalte met bebop-haar en een gemakkelijke lach die beloofde dat alles mogelijk was, geen berg te hoog, geen probleem dat niet door het menselijk brein kon worden opgelost, geen oorlog die niet gewonnen kon worden.

'We hebben een charmante gastvrouw nodig,' zei de

chef met stemverheffing om zich boven het geraas en gestamp van de machines uit verstaanbaar te maken, 'die onze artikelen aan een aantal potentiële klanten kan presenteren.'

Keurend gleden hun blikken over ons heen. Onze ogen bleven bedeesd neergeslagen, het dichtsmelten van de zakjes ging onvertraagd door.

Wat zagen zij, onze vriendelijke neerbuigende chef en zijn kortgeknipte collega die zich breed lachend gereed hield de uitverkorene van deze dag op te eten als een hamburger met een gezond blaadje sla ertussen.

Zij zagen zichzelf weerspiegeld in de dikke brilleglazen van Lien, ze zagen de grijze, gepermanente kruinen van de twee andere vrouwen, ze zagen mij zoals ik me voelde sinds ik een meisje met een toren van zwart, getoupeerd haar als een mascotte bij Ruud achterop had zien zitten met haar armen om zijn middel geslagen.

'Hier zijn geen schoonheidskoninginnen,' riep Lien snibbig, 'daarvoor moet u bij de controle zijn.' Waarmee ze hen doorverwees naar Trix.

'Ze zijn allemaal hetzelfde,' bromde Lien, 'ze willen een madonna voor hun kinderen en een Marilyn Monroe in bed. Moet je zien,' haar handen lieten de zakjes in de steek die zich onmiddellijk ophoopten en trokken haar truitje glad, 'je zou toch niet zeggen dat ik twee kinderen heb gehad.'

Het zelfgebreide, zwart-geel gestreepte truitje rimpelde toen ze het weer losliet over haar platte kleine-meisjesborst als de huid van een rups voor zijn ontpopping.

'Eigenlijk is Paul precies zo als de anderen,' zei ze, 'daarom hou ik hem steeds in de gaten.'

'Bedoel je,' vroeg ik, 'dat je hem eigenlijk bewaakt?'

'Wat dacht je dan?' Ze leek verontwaardigd. 'Dat ik voor de lol naar al die voetbal- en bokswedstrijden ga?'

Hardnekkig probeert de zon door de laaghangende mist heen te breken. We rijden door het mooiste gedeelte van het traject: de heide met haar grillige, breed uitstoelende dennen en berken die zilverwit oplichten in de nevel. Graag zou ik de mysterieuze wereld binnenstappen. Met mijn armetierige, stadse fantasie stel ik me voor dat ik tegelijk met het langzaam optrekken van de mist de zon zou zien doordringen tot in de diepste holtes en de dieren, zich lui uitrekkend, zien ontwaken.

Ik kan me niet herinneren wanneer ik het laatst in een bos was, steeds dringt het beeld van het stadspark zich op, dat teveel mensenwerk en te weinig natuur is met zijn grindpaden, geschoren grasvelden, bloemenborders, vijvers met tussen de sinaasappelschillen en rottende broodresten welopgevoede eenden, en wemelend van de bejaarden, eigenlijk net een begraafplaats waarin alleen de grafstenen ontbreken, maar waarvoor in de plaats de lijken gewoon op de groengeschilderde bankjes zitten te kwetteren en te knikkebollen en de vogels hun uitgedroogde broodresten toewerpen.

Misschien zijn we geen van allen goed uitgeslapen na het weekend, als bezadigde poezen op fluwelen kussens lui onderuit liggend staren we dromerig en soezerig naar buiten. Cora zuigt, schijnbaar gedachteloos, heel lang op één bonbon.

Wanneer plotseling, in tegenstelling tot het trage openschuiven waaraan we gewend zijn, de deur met een ruk wordt opengetrokken, schieten we geschrokken overeind uit onze halfslaap. Een jonge, onbekende, glanzend opgepoetste conducteur, voorzien van de noodzakelijke attributen, stapt onze coupé binnen.

'De plaatskaarten alstublieft,' zegt hij met afgemeten stem.

Lichtelijk ongeduldig kijkt hij van achter een scherp

metalen brilletje van de een naar de ander, alsof hij zich erover verbaast, dat wij niet wapperend met onze abonnementen klaar zitten. Zo traag mogelijk, verstrooid zoekend in tassen en zakken, halen we onze maandkaarten tevoorschijn. Samen zijn we één log lichaam vol tegenzin. Met de precisie van een schoolmeester bestudeert hij de gegevens op onze kaarten.

'Deze is verlopen,' zegt hij en kijkt me door zijn glinsterende brilleglazen doordringend aan, 'u had vandaag uw maandkaart moeten vernieuwen.'

'Oh,' zeg ik en automatisch gaan mijn handen geschrokken naar mijn wangen, 'ik ben het totaal vergeten.'

'Hindert niks hoor,' zegt Cora goedmoedig, 'dat overkomt ons allemaal wel eens. Morgenochtend haal je gewoon een nieuwe.'

'Dan zal ik nu een retourtje voor u uitschrijven,' zegt de conducteur.

'Hoe bedoelt u, een retourtje uitschrijven?' vraagt Cora achterdochtig.

'Voor deze rit natuurlijk.' Hij raakt geïrriteerd, het duurt hem te lang. Sprakeloos kijkt Cora hem aan. Ik bedenk koortsachtig dat ik geen geld bij me heb.

'Die is goed,' Cora lacht naar ons, 'dat hebben we nog nooit meegemaakt.'

Met gefronste wenkbrauwen en bars toegeknepen lippen neemt hij Cora's gestalte in zich op. Hij kijkt of hij zijn ogen zou willen spoelen, opdat ze iets anders zouden zien, bijvoorbeeld zijn vriendinnetje, dat altijd keurig een plaatsbewijs koopt en op dit vroege tijdstip nog in haar wollig rose bed ligt te dromen van hem en de volledig verzorgde reizen, die ze samen zullen gaan maken op kosten van de NS.

'Al jaren reizen we op en neer, de spoorwegen worden rijk van ons,' roept Cora verontwaardigd, 'en dan komt er ineens zo'n krentenweger.'

Driftig trekt de conducteur zijn boekje tevoorschijn en begint met felle pen te schrijven.

Cora loopt rood aan. 'Wat verbeeld jij je wel? Wij reisden al met de trein toen jij nog geboren moest worden.'

Hij houdt zich doof en scheurt verbeten het papier van het bloknootje. Terwijl hij het mij aanreikt grist Cora's mollige hand het weg.

'Jezus,' ze buigt zich naar Trix toe, 'moet je zien, die zeikerd heeft nog een boete gerekend ook.'

En dan, in een fractie van een seconde, terwijl ik nog steeds als een dwaas met mijn lege, geopende portemonnee in de hand zit toe te kijken, bekijkt Cora hem ongegeneerd met haar donkere ogen en neemt een beslissing op dezelfde koele en definitieve wijze als een willekeurige koning of keizer uit de historie, wiens tolerantie een grens bereikt heeft en die vanaf zijn troon, na de schuldige met een korte wikkende en wegende blik te hebben gemonsterd, met een handbeweging tegen zijn raadsman zegt: sluit hem op, of: hang hem op, en er verder ook niet meer mee lastig gevallen wil worden.

Bruusk staat ze op en met haar verrijzen alle imposante welvingen, die haar lichaam rijk is, en alle gele dansende nopjes op haar paarse jurk. Wijdbeens, er is geen ontkomen aan, gaat ze voor hem staan en licht losjes met haar ene hand de bril van zijn neus.

'Het gaat niet door,' zegt ze.

Als van zijn ziel beroofd knippert de conducteur wereldvreemd met zijn oogleden en bijt neurveus op zijn onderlip.

'Geef hier,' zegt hij schor en doet een wilde greep naar zijn bril, die door Cora met gestrekte arm hoog boven het hoofd wordt gehouden.

'Geef mijn bril terug.'

Cora lacht hem breed toe, haar liefste lach, sterretjes in haar ogen.

Moeder, moeder, de beer is los, denk ik. Een vreemd en verrukkelijk soort opwinding tintelt door me heen; ik heb het voorgevoel dat er iets onherroepelijks gaat gebeuren, waarna niemand van ons nog dezelfde zal zijn als voorheen.

'Jij krijgt je brilletje terug als je het biljet in duizend stukjes scheurt,' zegt Cora, 'eerder niet.'

Verward door de snelle machtswisseling staart hij haar aan. Met zijn ene hand grijpt hij naar de leren tas, die op zijn buik hangt, met de andere naar zijn pet als om zich ervan te vergewissen dat hij nog in functie is.

'Ik denk er niet over,' zegt hij dapper.

'Goed.' Met een diepe zucht geeft Cora de bril over aan Trix, die in de hoek bij het raam zit. Alsof er ooit overleg is gepleegd en er goede afspraken zijn gemaakt over het scenario van deze scene gaat Trix over tot een handeling die volmaakt aansluit bij de bedoeling van Cora: ze draait het raampje open en houdt met haar hand de bril in de mistige buitenlucht, terwijl ze in een bevallige houding staat waarbij de welving van taille naar heup geprononceerd uitkomt. Met haar lieftallige glimlach lijkt ze sprekend op het soort vrouwen dat in prospectussen leunend tegen de motorkap van een Mercedes mannen tot kopen verleidt.

'Niet doen,' roept de conducteur in paniek, 'geef mijn bril terug.'

'Ik heb je gezegd schat wat voor ruil we willen maken,' zegt Cora kalm alsof ze marchandeert op de markt met een onwillige klant.

In het nauw gedreven kijkt hij beurtelings woedend om zich heen en angstig naar het raam, waarachter het kostbaar kleinood met precies naar de zwakte van zijn ogen geslepen diamanten ieder ogenblik verbrijzeld dreigt te worden.

'Op het eerste station waar we stoppen maak ik er werk van,' roept hij.

'Horen jullie dat? Hij gaat er werk van maken!' Met een vanzelfsprekendheid alsof ze hem van de kapstok plukt neemt Cora de pet van zijn hoofd en zet hem op haar eigen zwart geverfde haren. Jolig lacht ze ons over haar schouder toe. Zonder pet is de conducteur tenger en kwetsbaar met zijn blonde zijde-achtige krulletjes tot in zijn nek.

'Weet je dat je mooie blauwe ogen hebt?' vraagt Cora.

Hij slikt moeilijk alsof er per ongeluk een pruimepit naar achteren geschoten is, en doet een onbeheerste greep naar de pet, maar Cora is hem voor en overhandigt de pet buigend aan Lien. 'Vinden jullie ook niet dat hij mooie ogen heeft?' Een voor een vallen we haar bij en kijken naar hem met dezelfde dweepzieke bewondering als naar een film met James Dean in de hoofdrol, waardoor hij nog zenuwachtiger wordt. Hij heeft vast een hekel aan de hysterie van vrouwen die, bodyguards en zaalwachters trotserend, het podium beklimmen om Elvis Presley te kunnen aanraken; hij vereenzelvigt zich dan niet met Elvis Presley, maar met de zaalwachters, de mannen met de petten op en de uniformen aan.

'Geef nu je tas maar hier,' zegt Cora, 'met alles d'r op en d'r aan.' Perplex staart hij haar aan. Nog nooit heeft iemand hem zo'n oneerbaar voorstel gedaan. Sprakeloos schudt hij zijn hoofd.

'Vooruit,' zegt Cora, 'kijk maar eens wat er anders met je bril gebeurt.'

Met soepele polsbewegingen laat Trix hem, slechts tussen twee vingers geklemd, heen en weer bewegen in de mist.

Er is in Cora een kracht losgebarsten die elke weerstand breekt, zoals een snelstromende rivier in moessontijd bomen ontwortelt en met zich meesleurt.

'Toe maar, geef je speelgoed maar aan mamma.'

Gelaten ontdoet hij zich van zijn schoudertas. Zonder er zelfs maar een blik op te werpen geeft Cora hem aan Lien, die hem in een hoek frommelt achter haar eigen versleten boodschappentas, waar de breipennen uitsteken als de antennes uit een draagbare radio.

'Zo,' zegt Cora, 'kom je al op andere gedachten?'

Afwachtend staan ze tegenover elkaar, Cora wel een hoofd groter dan hij. Hoe heeft ze zo groot kunnen worden, denk ik, en zo sterk. Het moet wel een kolossaal corset zijn waar zij zich iedere morgen in- en iedere avond uitrijgt. Even lijkt het of de vrede getekend zal worden, alsof hij zal gaan zeggen: 'Jullie hebben gelijk, waar maak ik me eigenlijk druk over, wat kan 't me schelen, als ik maar met rust gelaten word,' maar plotseling duwt hij met zijn ene hand Cora opzij en schiet op Trix af. Met zijn volle gewicht stort hij zich op haar. Al zijn aandacht geldt zijn bril, verbeten reikt hij naar de hand die de bril vasthoudt; het is een wonder dat Trix hem niet loslaat van pure schrik.

Even lijkt Cora van haar stuk gebracht: beduusd als een dikke dame die haar hondje kwijt is (wat gek, daarnet was hij er nog) draait ze zich om. Maar dan is ze ook in een stap bij Trix' belager, grijpt hem in de kraag van zijn conducteursjasje en trekt hem achterover van Trix af. Zijn ogen puilen uit, hij is een en al bloeddorstigheid en gromt. Een hond, die in het vuur van de strijd door zijn ongeïnteresseerde vrouwtje van zijn grootste vijand gescheiden wordt.

Trix veegt enkele haarslierten uit haar gezicht en trekt haar jurk glad. Ze ziet er niet eens geschrokken uit, eerder lijkt ze op een jong meisje, dat verfomfaaid en met een rood hoofd en glinsterende ogen uit de bosjes komt kruipen na een stoeipartij met een jongen.

Achter het raam schiet een buitenaards projectiel voorbij; Lien heeft, om een daad te stellen, de pet de vrijheid gegeven.

Met zijn benen trappend en met zijn armen in het wilde weg om zich heen stompend probeert de conducteur los te komen. Cora grijpt zijn armen en draait ze op zijn rug. 'Pak hem bij zijn benen,' sist ze. Trix en Lien graaien ieder naar een been en gaan er aan hangen om er vat op te krijgen. Mijn hart bonkt in mijn keel. Ik ben niet gewend aan ruzies en vechtpartijen, bij mij thuis blijft alles altijd onderkoeld en ondergronds, de wreedste oorlogen worden in ijzingwekkende beleefdheid uitgevochten.

'Wij trekken hem zijn uitsloversjasje uit,' zegt Cora.

Omdat iedereen al een aandeel heeft in het temmen van het beest rusten Cora's ogen nu op mij. Met bibberende handen pak ik de onderkant van een mouw bij de stugge stof en begin te trekken. Het valt niet mee, iemand die zich hevig verzet uit zijn jasje te helpen. Werkte hij maar een beetje mee, denk ik, dan ging het veel gemakkelijker. Aan Cora's gezicht is te zien, dat ze al haar kracht nodig heeft om hem in toom te houden; als een gewonde tijger vecht hij om los te komen, terwijl zijn ogen haat seinen naar zijn aanvallers.

'Nu zijn stropdas,' zegt Cora koel als een chirurg, die de zuster om het ontleedmesje vraagt. Gehoorzaam buig ik me over hem heen en even kijken we elkaar peilloos diep in de ogen, ik met in mijn ene hand zijn stropdas alsof ik hem ga wurgen.

Wat weet ik van mensen? Niets. Er zijn er een paar, zoals mijn vader, over wie ik noodgedwongen tot in den treure heb nagedacht. En nu zie ik in deze grote pupillen, die bijna al het blauw uit zijn ogen verdrongen hebben, de angst heen en weer schieten als opgejaagde visjes in de diepzee. Ik geloof dat zijn angst veel heviger is dan zijn haat, die hem als het ware nog een beetje op de been houdt. Een golf van medelijden, die erg slecht gelegen komt, brengt me in verwarring. Met snelle vingers maak ik zijn stropdas los.

'En,' vraagt Cora op een toon alsof ze al geen antwoord meer verwacht, 'hoe staat het ermee?'

Hij zwijgt. Doodstil ligt hij nu. Broedt hij ergens op? Afwachtend slaan we hem gade. Ineens spant hij zijn lichaam, gooit zijn hoofd in zijn nek en spuugt Cora in het gezicht.

'Zijn overhemd,' zegt Cora bars tegen mij, terwijl haar paarse schouder het speeksel wegveegt.

Hij draagt net zulke manchetknopen als mijn vader. Ik peuter ze los. Als ik zijn mouw halverwege uitgetrokken heb maakt hij een onbeheerste beweging waardoor de stof openscheurt, zoals een konijn in zijn poging zich uit een strik te bevrijden zijn eigen huid opentrekt. Een smalle bleke borst komt tevoorschijn met wat schuchtere blonde begroeiing.

Ik leun achterover.

'Zijn broek.' Cora lijkt ongeduldig. 'We zullen hem laten voelen dat hij maar een doodgewone jongen is.'

'Trek een man een uniform aan,' zegt Trix, 'en hij krijgt meteen capsones.'

Uniformen dat zijn, nog steeds, de Duitsers. In kolonnes optrekkend, met stampende laarzen, de hand gestrekt, liederen dreunend, zo marcheren ze nog in archieffilms, de boeken en de geheugens van allen die het gezien hebben. Waar zijn we mee bezig, denk ik, we zijn niet meer te stoppen, we hebben iets ontketend dat sterker is dan wijzelf.

Terwijl ik zijn riem losmaak zie ik Ruud in het schemerdonker aan de rand van het bed staan, met snelle trefzekere bewegingen zijn riem opengespend en ik lig weer in het diepe zachte bed vol verbazing en afkeer over mijn gewilligheid. Het is me een raadsel waarom ik voortdurend doe wat ik eigenlijk niet wil.

Met veel moeite ontdoen Lien en Trix hem van zijn glanzend zwart gepoetste schoenen. Om een broekspijp uit te kunnen trekken moet het been even bijna losgelaten worden. Zoals schermers en boksers een zwak moment van hun tegenstanders afwachten om te kunnen toeslaan benut de conducteur dit ogenblik voor een felle, goedgemikte trap. Trix tuimelt achterover en grijpt met beide handen naar haar gezicht.

'Ik zal jullie,' hijgt hij.

Waarom zij, denk ik, waarom juist Trix met haar al vaker geteisterde gezicht. Maar zijn blote voet heeft niet veel schade aangericht, zij herstelt zich snel. Ongehinderd trek ik zijn lange broek uit.

Even lijkt het of zijn kracht gebroken is. Slap hangt zijn bovenlichaam in de schoot van Cora, die neerhurkt in het middenpad. Het had op de kruisafneming van Christus kunnen lijken met Cora als de smartelijk treurende moeder en hij als de deerniswekkend gestorven martelaar als er niet in plaats van een wit kuisheidsdoekje zo'n glanzend lichtblauw broekje om zijn lendenen gespannen had.

Als ik later trouw, denk ik, koop ik zulke broekjes voor mijn man.

Wat gebeurt er nu? Aarzelen we? Ieder van ons is ondoorgrondelijk. Taxerend kijken we elkaar over het lichaam van de conducteur heen aan.

'We gaan door,' zegt Trix. Met een ferme hoofdbeweging schudt ze haar manen naar achteren.

'Toe maar,' ze knikt mij toe.

Met verlamde handen sta ik naast hem. Nooit heb ik iemand zo in het nauw gebracht gezien.

Hij kijkt alsof we op het punt staan hem door het opengedraaide raam naar buiten te schuiven of, erger nog, alsof hij een dergelijke dood verkiest boven datgene wat wij van plan zijn.

Wat willen we? Willen we ons wreken, hem tot het uiterste vernederen? Of willen we onszelf een nieuw soort opwinding bezorgen om de sleur te doorbreken? Het is me onmogelijk in beweging te komen. Was ik maar een stuk mechanisch speelgoed met een sleuteltje in de rug waarmee ze me konden opwinden, zodat ik onaangedaan deze handeling kon verrichten. Drie paar ogen dwingen me het te doen, één paar smeekt me het niet te doen. Is dit de toetssteen van hun vriendschap? Moet ik nu bewijzen dat ik hun gezelschap waard ben?

'Laat mij maar,' zegt Trix.

Ze komt overeind. Beschaamd en opgelucht neem ik haar plaats in. Dit zal haar act worden, zo is het voorbestemd, ik zie het aan de verleidelijke glimlach om haar lippen terwijl haar ogen die van de conducteur zoeken.

In een samenbundeling van zijn laatste krachten brult hij: 'Blijf van me af, blijf godverdomme van me af...'

Wanhopig kronkelt hij zich in de onmogelijkste houdingen om los te komen uit onze greep, ik voel de gespannen bundeling van spieren in zijn been. Resoluut grijpt Trix het broekje met beide handen beet en trekt het van zijn heupen omlaag.

Gekweld wendt hij zijn hoofd af. Een zonnestraal heeft door de mist heen weten te dringen en schijnt recht in de coupé, het lichaam van de conducteur in een warme gloed hullend. Er valt een stilte tussen ons, die benadrukt wordt door het denderen van de wielen over de rails.

Cora, als een vredige matrone, laat peinzend haar ogen

over het naakte lichaam gaan. Alle wraakgevoelens schijnen haar te hebben verlaten, haar greep op zijn armen is verslapt en hij hangt tegen haar aan als de verloren zoon die teruggekeerd is in de moederschoot.

Gedachteloos streelt Lien zijn been, voortdurend haar korte neus optrekkend in een rimpel om haar bril omhoog te duwen, een voor ons vertrouwde tic.

Trix' gewoonlijk zo verveelde gezicht is nu een en al leven. Ze heeft blosjes van opwinding, haar neusvleugels trillen en haar ogen schitteren als nooit tevoren. Zo mooi heb ik haar nog nooit gezien. Het lichtblauwe broekje houdt ze als een fetisj in de hand.

De zon schijnt warm op mijn rug. Ik voel de spanning uit me wegvloeien als na een hevig onweer in een opgeklaarde atmosfeer. Van mij mag de trein zich tot in de oneindigheid door het landschap blijven boren terwijl wij staren naar het eeuwig andere, vreemde, uitdagende, angstaanjagende, vertederende.

Met de statigheid van een priesteres uit de oudheid buigt Trix zich voorover en kust hem op zijn borst. Een rilling trekt door hem heen, het been in mijn hand krijgt weer een eigen wil. Langzaam en met nadruk bewegen Trix' lippen zich van zijn borst naar zijn buik, haar haren waaierend over hem heen. Vanaf zijn onderbuik beschrijft ze een boog via de heup naar zijn dijbenen, waarop korte haartjes glinsteren.

Niemand van ons zegt iets, het is of we een geheim ritueel bijwonen, waarin zich een wonder voltrekt aan zijn geslacht dat groeit en zich verheft tot het sidderend en tot het uiterste gespannen een schaduw werpt op zijn buik. Als in trance laat Trix haar lippen over de binnenkant van zijn dijbeen gaan. Een rauwe kreet, die onder uit zijn buik lijkt te komen en vergezeld gaat van krampachtige schokken in zijn borst en schouders maakt abrupt een einde aan het weldadige gevoel dat in ons geslopen is.

Trix komt overeind en haar roes maakt plaats voor verbazing als ze ziet dat hij ligt te huilen in Cora's schoot en zijn gezicht probeert te verbergen in de plooien van haar paarse jurk. Cora, als een alles vergevende en begrijpende moeder, strijkt hem troostend over zijn haar. Onthutst over het effect van haar liefkozingen plukt Trix nerveus aan het onderbroekje dat ze nog steeds in haar hand houdt.

De trein mindert vaart.

Ik weet alleen maar wat er in onze coupé gebeurde; naar al het gegaap en gehoest, de stille blikken en vertrouwelijke gesprekken, de irritaties en de dromerijen in de rest van de trein kan ik alleen maar gissen. De conducteur is in principe de enige die neutraal blijft omdat hij zich tijdens de reis van het ene compartiment naar het andere blijft begeven.

De onze niet. Die heeft zijn ronde niet af kunnen maken. De aanblik van een station heeft hem enigszins tot zichzelf gebracht. Uitgeput is hij gaan staan, wankelend heeft hij de schuifdeuren geopend.

'Wacht,' zegt Cora, 'je kleren.'

Haastig verzamelen we zijn eigendommen. Hij luistert niet. We bestaan niet meer voor hem. Onvast op zijn benen strompelt hij naar het balcon, Cora waggelt achter hem aan met ons in haar kielzog.

'Kleed je aan,' roept ze, 'je kunt zo toch niet uitstappen.'

We stoppen zijn broek, sokken, overhemd, stropdas, zijn bril en zijn tas in het jasje, knopen het met de mouwen dicht en duwen de bundel in zijn armen. Verwonderd, alsof hij een vondeling aangereikt krijgt, kijkt hij ons aan.

God zij dank wachten er geen andere reizigers op dit balcon. Haastig gaan we terug naar onze coupé, wij hebben onze bestemming nog niet bereikt. Onze opgewonden, warme lichamen tegen elkaar aan, de neuzen tegen het glas, zien we de conducteur uitstappen.

Een fors aantal passagiers staat op het perron te dringen. Voor de naakte reiziger wijken ze perplex uiteen. Hij schrijdt tussen de rijen door met het bundeltje kleren voor zijn borst en staart ernstig voor zich uit alsof hij zijn eerste zoon naar de doopvont voert.

Rose, met bizarre stukjes geel ertussen

Schijnbaar ongevoelig voor de hitte of daardoor juist tot leven gewekt klauterde vlak voor mijn oog een scharlakenrood spinnetje langs een grasspriet omhoog. Een rode spin, verdwaald uit een wereld waar de bomen blauw waren, de luchten geel en de maan paars, bij toeval terechtgekomen in de groene uitgestrektheid van ons grasveld. Toen hij het hoogste punt bereikt had, bleef hij roerloos zitten. Zou er iets in hem omgaan, dacht ik, verwondert hij zich, vraagt hij zich af of één spinneleven toereikend zal zijn om alle grasprieten van dit gazon te beklimmen?

Ik sprak met mezelf af: als hij honderd tellen blijft zitten zonder zich te bewegen, dan heb ik me de pijnlijke gebeurtenis van deze middag maar verbeeld, dan heb ik m'n vader door mijn opmerking niet in opperste staat van verlegenheid gebracht tegenover zijn in de watten gelegde bezoek.

In m'n gesteven jurk was ik mezelf komen presenteren, want zo wilden mijn ouders het. Door de vier verwachtingsvol naar mij opgeheven gezichten, alsof ze alles van mij zouden accepteren, raakte ik in een overmoedige stemming en had ik iets gezegd dat onherroepelijk was.

Een zeurderige pijn in mijn maag bleef me er voortdurend aan herinneren; om het niet te voelen was ik op mijn buik in het gras gaan liggen.

Ik zou het nooit meer goed kunnen maken.

Moedeloos begon ik te tellen, maar halverwege vergat ik waar het voor was en hield er mee op. Het was te heet om je hoofd erbij te houden. Zelfs de duizendvoudige schaduw van de acacia waar ik onder lag bood nauwelijks koelte. De bovenste knoopjes van mijn jurk had ik al los gemaakt, maar rond mijn middel en bovenarmen bleef hij knellen. De jurk gunde me niet dat ik groeide; ik verdacht mijn moeder ervan me kunstmatig kind te willen houden. Alles baadde in het zonlicht en deed pijn aan mijn ogen. Het bemoste beeld van een gedrochtelijke mannenfiguur met bokkepoten en een staart, dat midden in het gras stond, was uitdrukkingsloos geworden. Meestal scheen hij zijn aanwezigheid in onze tuin als een misplaatste grap te beschouwen, te oordelen naar het opkrullen van zijn mondhoek, terwijl de andere in diepe minachting neerwaarts boog; nu had de overdaad aan licht onverschilligheid in hem gewekt.

In de schaduw van de sokkel zat Mathijs het binnenwerk van een ouderwetse koperen wekker uit elkaar te peuteren. De onderdelen stopte hij in een roestig blikje dat naast hem stond. Zijn aandacht was net zo gespannen als het veertje in de klok moest zijn geweest voordat het door hem werd losgetrokken. De wereld om hem heen bestond niet meer: door het mechanisme van het uurwerk te ontraadselen zou hij het mysterie van het universum blootleggen. Zijn mond hing hierbij open, met uitpuilende onderlip.

Er kriebelden beestjes in mijn knieholtes, ik sloeg mijn benen op en neer in het gras.

Het terras was door Gisela in beslag genomen. Ze had haar beduimelde poppen en speelgoedbeesten in de witgeschilderde tuinstoelen gerangschikt en schonk uit een miniatuurtheepot citroengele limonade in miniatuurkopjes. Vol behagen omdat ze alle touwtjes in handen had hielp ze hen met drinken. Alleen de beer was een spelbreker: zijn hoofd knakte steeds voorover omdat er geen vulling meer in zijn hals zat. Behoedzaam omvatten haar mollige handen de minuscule oortjes van de kopjes, traag bewoog ze zich van de een naar de ander, ze geruststellend toesprekend en soms wat aan hun houding verschikkend.

Nooit meer zou ik onbekommerd kunnen spelen. Misschien was ik er ineens te oud voor geworden. Vroeg of laat kwam er een dag waarop je er niets meer aan vond de moeder te zijn van een serie celluloid poppen, of je te verbeelden dat een van versleten lappen in elkaar geflanste tent je huis was.

Ik had er zo'n voorgevoel van dat ik nooit meer ergens zin in zou hebben. Het begon nu ook overal te jeuken, alsof alle insekten uit de tuin in slagordes tussen de grashalmen doorgetrokken waren om mijn lichaam te komen kwellen.

Het huis zweeg. De ramen en deuren waren hermetisch gesloten om de hitte buiten te houden. Hoge bomen met roerloos neerhangende bladeren bogen zich over het dak heen, het huis in een kom van schaduw beddend. Aan de straatkant vormden de ineengestrengelde kruinen het dak van een tunnel, waardoorheen de buitenwereld in de tuin kon binnendringen. Zo had zich die morgen meneer De Gaai, wiens naam dagenlang als een zucht door het huis was gegaan en zich had schuilgehouden achter gesloten deuren, toegang verschaft tot ons huis. Zijn vrouw, haar beige plissérok had ik tussen de boomstammen door zien schemeren terwijl ze zich kattig voortbewoog op hoge naaldhakken, volgde in zijn kielzog.

Twee dagen eerder was Parel niet aan de maaltijd verschenen. Het geëmailleerde bakje met rauw hart bleef onaangeroerd, uren later waren de malse rode brokken bruin geworden met harde, uitgedroogde randen.

'Het is een volwassen kater,' zei mijn vader, 'hij zal wel op vrijersvoeten zijn.'

's Nachts schrok ik wakker. Een klaaglijk en verwijtend gemauw was tot mijn onderbewustzijn doorgedrongen. Parel was teruggekomen! Nadat hij, met zijn voorpoten krassend in de groene verf, tegen de deur was opgeklauwd zat hij nu troosteloos voor zich uit te staren, niet begrijpend waarom hij een gesloten, katvijandig huis tegenover zich vond.

Haastig gleed ik uit bed. Mijn lichaam was klam, rillend sloop ik over het koude zeil. De deur ging zacht piepend open. Geruisloos, bijna zwevend, ging ik de trap af, de gang door, de keuken, de bijkeuken. Vochtige lakens, die aan waslijnen te drogen hingen, sliertten om me heen en probeerden als witte wieven greep op me te krijgen. 'Ik kom eraan Parel,' fluisterde ik, 'ik kom eraan.'

Met mijn volle gewicht ging ik aan de grendel hangen om hem open te schuiven. Er viel een streep maanlicht naar binnen, toen een brede baan. Daarin had zich het silhouet van Parel moeten bevinden.

Koortsachtig speurde ik het terras af, keek achter de vuilnisbak, onder de tuintafel, achter een pot met petunia's. Daarna liet ik mijn ogen over het grasveld gaan; de bomen wierpen er strenge schaduwen overheen. De man met de bokkepoten lachte mysterieus naar een oor, alsof hij alles van Parels verblijfplaats wist. Waarom kijk je niet achter mijn sokkel, fluisterde hij, schijtluis! Ik huiverde.

Aarzelend, alsof het een met kroos bedekte sloot kon zijn, zette ik een voet op het vochtige gras. De lucht drong kil door mijn nachtpon heen. Ik hoorde mezelf roepen, een vreemd schril geluid voortbrengen dat niet op mijn stem leek. Op alle mogelijke toonhoogten riep ik zijn naam: van lief en uitnodigend tot hard dwingend en ongeduldig. Maar de tuin bleef nadrukkelijk leeg en ademde Parels afwezigheid. De struiken en planten waar hij tijdens zijn sluiptochten met zijn donszachte vacht langsgestreken was, het gras waarin hij op zijn rug heen en weer rolde, de bomen die hij razendsnel vertikaal beklom en verliet: zij allen ontkenden zijn bestaan.

Terwijl ik, ingespannen turend, in de donkere holtes tussen struiken en bomen probeerde door te dringen alsof ik Parels gestalte door geconcentreerd te kijken aan de duisternis zou kunnen afdwingen, omklemde een grote hand mijn arm en trok me achteruit van het grasveld af. Mijn vader, in een verfomfaaide pyjama, met recht opstaande haren en dikke wallen onder zijn ogen die schaduwen wierpen op zijn wangen, keek me verwilderd aan en siste ingehouden: 'Ben je helemaal gek geworden? Je maakt de hele buurt wakker!' Driftig frommelde hij me het huis in.

Ik rende voor hem uit naar boven. Een van mijn tenen knakte dubbel tegen een traptrede. Een felle pijnscheut trok door mijn hele voet en dwars door mijn lichaam heen om ergens onder mijn schedel te blijven hangen. Het was goed pijn te voelen. Ik kroop in bed en trok de dekens ver over me heen. Het kan hem niets schelen, gromde ik, dat Parel weg is. Het kan hem ook helemaal niets schelen hoe ik me voel.

Dat was een vreselijke gedachte. Ik stompte met mijn vuisten in mijn kussen. Om mijn vader zou ik geen traan vergieten.

Een labyrint van reageerbuisjes, gevuld met vloeistoffen in alle kleuren van de regenboog, waartussen mensen in witte jassen zich schimmig voortbewogen, zo zag zijn wereld er uit. Jaren geleden was ik er eens geweest, aan de hand van mijn moeder. Zorgvuldig, om geen lawaai te maken, sloot ze de zware houten deur achter ons en liet haar ogen rondgaan in het laboratorium. Haar blik volgend ontdekte ik tegelijk met haar mijn vader. Over zijn stalen bril heen, die op het puntje van zijn neus rustte, tuurde hij naar een glinsterend buisje met een vuurrode vloeistof erin, dat hij tegen het licht hield.

'Goedemiddag,' zei mijn moeder bedeesd en ze knikte beleefd naar iedereen in het algemeen.

Mijn vader, vanuit de diepte van zijn concentratie dromerig opziend, herkende ons niet. Ik ben het, dacht ik, zie je dat dan niet?

'Daarnet was hij geel,' riep ik hem toe, de toverbal die mijn moeder me bij het betreden van het fabriekscomplex in de mond gestoken had omhoog stekend, 'en nu is hij groen!'

Hij verstijfde. Het buisje gleed tussen zijn vingers door. Op de grond vormde zich een rode plas, alsof hij aan een slagader gewond was. De toverbal ontsnapte uit mijn hand en rolde het laboratorium in, eigengereid op verkenningstocht. Ik keek van het groene balletje naar mijn vader en weer terug. Het bleef maar door rollen om pas in de rode vijver temidden van glasscherven aan zijn voeten tot stilstand te komen. (Later ben ik gaan denken dat het verbeelding is geweest of een wensdroom en dat de toverbal in werkelijkheid gewoon in een willekeurige richting rolde om tenslotte ergens onder een kast te verdwijnen.)

De dag na Parels verdwijning hing de hitte laag en zinderend boven de aarde. De vogels zwegen. De planten met slap en futloos langs de stengels neerhangende bladeren snakten naar regen. Alles wat leefde was zuinig op zijn energie. Om na te denken klom ik in een kastanjeboom met een breed uitwaaierende, beschermende bladerkroon en ging op een tak zitten vanwaar ik een ruim uitzicht had, terwijl ik zelf voor de buitenwereld onzichtbaar was.

De tuin lag roerloos in de diepte; overbekend tot in z'n verste uithoeken verveelde hij me. Mijn wereld was me te klein. Bergen wilde ik zien, besneeuwde bergen met ravijnen ertussen, oerwouden, tropische stranden met kokospalmen, kastelen, tempels, amfitheaters, negers met ringen door hun neus, parelvissers die minutenlang onder water bleven, medicijnmannen, tovenaars. Hoe klein waren de pygmeeën? Hoe hoog de wolkenkrabbers? Hoe diep was de Valley of Death?

Ik wilde eindelijk eens iets meemaken. Hier stikte ik bijna, in deze hete tuin temidden van uitgestrekte, gortdroge dennebossen en nergens een meer of een rivier om in te zwemmen. Tegen het hek stond mijn fiets, twee wielen en een stuur. Waar zou ik heen moeten fietsen?

Lusteloos liet ik me weer uit de boom glijden. Ik had niets om over na te denken.

Uit behoefte aan koelte slenterde ik het huis in. Vanuit de kamer bromde monotoon mijn vaders stem als een in de verte voorbij tuffende vrachtboot op een rivier. Hij was de hele week thuis gebleven. Vanwege de hitte, zei hij. Toch straalde hij geenszins de luchthartigheid van vakantie uit: urenlang zat hij samenzweerderig met mijn moeder te praten in de bedompte, oranjekleurige atmosfeer van de huiskamer, waar de ramen gesloten en de markiezen neergelaten waren. Herhaaldelijk zette mijn moeder koffie. Er broeide iets. Ik had het gevoel dat hem iets onuitsprekelijk ergs boven het hoofd hing, dat uiteindelijk ons allemaal zou treffen.

Op mijn tenen liep ik door de gang. In het van ouderdom verweerde glas van de gangspiegel zag ik mezelf sterk vervormd langssluipen, voorovergebogen, met opeengeklemde lippen. Achter de deur van de kamer bleef ik staan. De nerven in het hout vormden een mannenhoofd met een grijns van oor tot oor en donkere, in knoesten wegzinkende ogen; onwillekeurig bracht ik het in verband met de naam die ik mijn vader op dat moment hoorde noemen: 'De Gaai chef van de research, dat betekent de domheid aan de macht.'

'Maar je kunt toch gewoon verder gaan met je onderzoek.' Mijn moeder sprak met een dichtgeknepen keel.

'Dat is 't 'm nu juist,' mijn vader verhief zijn stem, 'ik weet precies wat er dan gebeurt: zodra er enig resultaat is, grist hij 't uit je handen en gaat dan...'

Traag opende ik de kamerdeur en keek om de hoek.

'...met andermans veren pronken...' besloot hij en bekeek met opgetrokken wenkbrauwen mijn entree.

Mijn moeder, als een vogeltje ineengedoken in een leunstoel, staarde verslagen voor zich uit.

'Zou Parel in een strik geklemd kunnen zitten?' vroeg ik, 'net als een konijn?'

'Alles kan,' zei mijn vader, ongeduldig met zijn vingers op de stoelleuning trommelend, 'in principe is niets uitgesloten.'

'We kunnen toch niet het hele bos afzoeken, kind.' Nerveus stopte mijn moeder enkele ontsnapte sprietjes haar terug in haar kapsel. 'Dat is toch onbegonnen werk.'

Besluiteloos bleef ik staan. Ik wipte van mijn tenen op mijn hielen en weer terug. Er dreven vellen in de verflenste restjes koffie in hun kopjes.

'Wat is er eigenlijk?' vroeg ik.

'Er is niets,' zei mijn vader snel.

'Het is gewoon erg heet,' voegde mijn moeder er vermoeid aan toe.

Intens en langdurig haalde mijn vader adem. Ik hoorde de lucht door zijn neusgaten suizen. 'Ga maar lekker naar buiten,' zei hij.

Ongerust verliet ik de kamer. Leunend tegen de muur

van de gang, met mijn nagels krassend over de lambrizering, bleef ik luisteren.

'En aan het eind van de maand,' vervolgde mijn vader, 'strijkt hij het drievoudige op van wat wij verdienen. Hij laat een bungalow bouwen aan de rand van de stad met een garage voor zeker drie auto's, een paardenstal en een verwarmd zwembad, de parvenu.'

'Krankzinnig,' zei mijn moeder.

Hierna zwegen ze allebei. Ik sleepte me weer naar buiten, de lichtzee tegemoet.

In de namiddag kwamen er golven muziek door het open raam naar buiten. Een orkest met huilende violen verhevigde de hitte; opnieuw werd ik overvallen door een gevoel van dreiging. Om me gerust te laten stellen liep ik het huis weer in, naar de bron van de muziek.

Mijn vader lag languit op de bank met open ogen naar het plafond te staren. Zo ziet hij er uit als hij dood is. dacht ik, bleek en met een strak profiel. De atmosfeer rondom hem was geladen van het nadenken en de sombere voorgevoelens. Door de lauwe, oranje-rode schemering had ik even de vreemde gewaarwording dat ik me in een ander tijdperk bevond, ergens in een onbestemde toekomst, en dat alles wat er te gebeuren stond al voorbij was.

Schoorvoetend, alsof ik een tempel betrad, liep ik naar het midden van de kamer. Voelde hij dat er naar hem gekeken werd? Als een zwaar zieke draaide hij uiterst langzaam zijn hoofd in mijn richting, totdat ik in twee uitdrukkingsloze ogen keek, waarin de pupillen leken te ontbreken en die me het onbehaaglijke gevoel gaven, dat hij me helemaal niet zag. Misschien bestond ik ook niet, was mijn hele leven tot nu toe gewoon de vervelende, langdradige droom van iemand anders, die straks zou ontwaken, mijn beeld van zich af schudden en overgaan tot de orde van de dag.

Mijn vader zuchtte en wendde zijn hoofd af. Een piano voerde nu de boventoon, razendsnel buitelden de klanken over elkaar heen; nadat ik me had omgedraaid was het of ze me haastig met tientallen vijandige duwhandjes de kamer uitwerkten. Met een klap sloot ik de deur achter me om ze te beletten me achterna te komen. In de gang botste ik achterwaarts tegen mijn moeder op, die me met beide handen opving, zorgelijk op me neerziend. Dat was geruststellend, even tegen haar aan te hangen en de satijnen stof van haar witte jurk met bosvarens langs mijn wang te voelen. Maar ze duwde me tot op armlengte van zich af, keek me dwingend aan en zei op gedempte toon: 'Je moet je vader met rust laten, hij heeft het al zo moeilijk.'

'Waarom dan?' vroeg ik uitdagend.

'Dat vertel ik je later wel eens,' zei ze. 'Doe me een plezier en haal de kinderen even uit de tuin. Ze moeten in bad.'

Op dat moment had ik de goudgerande porseleinen schaal die sinds mensenheugenis op het Biedermeier gangtafeltje stond in mijn handen willen nemen en zomaar, onnozel, op de vloer laten vallen.

's Avonds werd het koeler. Het rook zoet naar levenssappen uit geknakte bloemen. Mijn moeder had, als een verpleegster aan een herstellende zieke, mijn vader voorgesteld een boswandeling te maken en deze had het voorstel als een herstellende zieke geaccepteerd.

Mij was opgedragen Gisela en Mathijs voor te lezen. Die zaten klaar op de verweerde bank achter in de tuin, geurend naar seringezeep, in een schone pyjama, met bungelende blote voeten. Door de lamp, die achter ze aan de schuur hing, wierpen ze korte schaduwen voor zich uit.

Gisela sabbelde op het oor van een uit lappen gemaakte, vunzige oude haas en neuriede een toonloos liedje dat op een onbegrijpelijke manier bij de avond paste.

Met Winnie-de-Poeh in mijn handen ging ik tussen ze in zitten. 'Waar waren we ook alweer gebleven?' vroeg ik, want het was zeker voor het begin van de hittegolf geweest, dat ik het laatst had voorgelezen.

'Winnie-de-Poeh zat vast in de deur van het hol van Konijn,' zei Mathijs kalm alsof hij de situatie uit het verhaal al die tijd bij zich gedragen en gekoesterd had.

'Hou op met dat gewiebel,' zei ik tegen hem, 'ik kan niet lezen als je de hele tijd zo met je benen zit te trappelen.' Ik bladerde in het boek totdat ik op een illustratie stuitte, waarop duidelijk een in het nauw gebrachte beer afgebeeld was, die met zijn volgevreten berelijf niet meer voor- of achteruit kon, en een op enige afstand rustig analyserend Konijn, wiens voornaamste zorg zijn geblokkeerde voordeur scheen te zijn.

Hier begon ik te lezen. Tevergeefs probeerde Konijn door hard aan Poeh's poot te rukken beweging in het lichaam te krijgen. Poeh gilde van de pijn en verweet Konijn diens nauwe voordeur.

Gisela kneep in mijn arm. Met opengesperde ogen, donker door de grote pupillen, vroeg ze: 'Zou Parel ook vast kunnen zitten? In een konijnehol of in een hazehol?' Haar haas hield ze achteloos bij een achterpoot.

'Ja,' viel Mathijs haar bij, 'dat zou best kunnen.'

'Ik denk van niet,' zei ik, 'want hazen en konijnen zijn dikker en groter dan katten, of...' want omtrent de omvang van konijnen kreeg ik opeens mijn twijfels, 'toch minstens even groot.'

'Dat is zo,' gaf Mathijs peinzend toe.

'Aaach,' zei Gisela teleurgesteld alsof ze gedacht had met deze veronderstelling Parel al half gevonden te hebben, 'waarom kan het nou niet. Het kan toch best?'

'Nee,' herhaalde ik, 'het kan niet. Als het konijn dat in het hol woont door de opening kan, dan kan Parel er zeker doorheen.'

'Aaach,' zeurde Gisela, 'het kan best.'

Als zij wilde dat het kon, dan kon het ook, wist ik. Als zij wilde dat dieren konden spreken en mensen vliegen, dan konden zij het en was Gisela met geen stok tot andere gedachten te brengen. En eigenlijk was ook niets zeker. Er was van alles mogelijk waar je gewoon niet aan dacht, geen mens kon het allemaal begrijpen.

'Zullen we morgen gaan zoeken?' stelde ik voor. 'Wij met ons drieën? Dan lopen we het hele bos door en roepen overal zijn naam en luisteren heel goed met onze handen aan onze oren of we ergens misschien een miauwtje horen.'

'Ja,' zei Mathijs en opnieuw slingerden zijn benen heen en weer. Gisela staarde me diepzinnig aan, knikte toen sprakeloos en leunde zwaar tegen mijn arm, zodat ik het boek nog maar met een hand vast kon houden.

Ik las verder. Het was nog een heel gedoe voordat de beer eindelijk uit het hol bevrijd was. Mijn mond werd er droog van. Toen het hoofdstuk uit was keek ik op en bevochtigde met mijn tong mijn lippen.

Onbeweeglijk, onder een boom waarvan de onderste, neerhangende takken als vingers naar haar grepen, stond mijn moeder in een onwezenlijk witte jurk. Hoe lang al? Hoe lang sloeg ze ons al gade?

'Kom eens mee,' zei ze zacht.

Het boek gleed op de grond. Volgzaam liepen we achter haar aan door de tuin, die z'n adem inhield, naar het terras bij de keuken. Binnen brandde al licht. De keukendeur stond open. Ik zag mijn vader bij de gootsteen staan, uitvoerig zijn handen wassend. Een streep licht viel over het terras en werd halverwege onderbroken door iets. Mijn moeder wenkte ons dichterbij te komen. Samen bogen we ons over wat daar lag heen. Niemand zei iets, we keken maar.

'Waar hebben jullie hem gevonden?' fluisterde ik tenslotte.

'In een greppel langs het pad,' antwoordde mijn moeder, 'met een steen naast zijn kop.'

Mathijs hield zijn hand voor zijn mond, Gisela wurgde gedachteloos haar haas.

Hij lag op zijn zij, in een houding waarin ik hem tijdens zijn leven nooit aangetroffen had, met de poten gestrekt. Hij leek wel bevroren. Zijn ogen waren bijna gesloten, in de spleetjes glinsterde iets zwarts. De dikke, grijsgestreepte vacht was dof en dor. Zijn bek was opengesperd, alsof hij op 't laatst nog een gigantische, hemel en aarde aanklagende mauw had weggegeven.

'Kom,' zei mijn moeder en legde een arm om Gisela's schouders, 'jullie kunnen beter naar bed gaan.'

'We moeten hem toch begraven?' protesteerde ik.

'Dat doe ik zo wel.' Mijn vader ging wijdbeens in de deuropening staan, waardoor het lichaam van Parel in het donker kwam te liggen.

'Waar dan?' vroeg ik.

'Eh...' Ongeduldig en verstrooid dacht hij na. 'Op de plek waar ik laatst die dode larix gerooid heb.'

'Toe nou maar,' drong mijn moeder aan, 'morgen moeten we weer vroeg op, want dan krijgen we bezoek.' Willoos lieten Gisela en Mathijs zich langs mijn vader heen naar binnen schuiven.

Ik passeerde hem rakelings. 'Hij is dus dood,' zei ik.

'Ja,' zei hij. Hij had zijn bril afgezet en keek me vermoeid aan, met een zekere afweer alsof hij dacht: loop alsjeblieft door.

Nooit meer, dacht ik, als een plank in bed liggend, nooit meer zal Parel langs mijn benen strijken, nooit meer zal ik hem in zijn nek kietelen of op zijn buik krabben tot hij begint te grommen van genot, nooit meer kan ik mijn neus in zijn troostrijke vacht duwen. Vanaf het kussen op de tuinbank dat zijn geur draagt zal hij zijn heersersblik nooit meer over zijn territorium laten gaan zodat de vogels hoog in de bomen blijven en zijn soortgenoten eerbiedig onze tuin mijden. Wat was dat: nooit meer? Wat moest je je daarbij voorstellen? Was het zoiets als het heelal waar nooit een eind aan kwam? Nooit meer, dat was een angstaanjagende gedachte, waarin je kon verdwijnen en als in een draaikolk weggezogen worden, steeds dieper, steeds verder, tot je in een gebied kwam waar geen levend wezen was, geen familie, geen vriend, niemand, alleen het niets dat geen gezicht had.

Ik gleed uit bed en schuifelde op de tast door de slaapkamer op zoek naar iets dat ik mee naar bed zou kunnen nemen, dat ik stijf tegen me aan zou kunnen drukken. Maar de poppen, in hun zondagse kleren tegen elkaar aan leunend, had ik al lang verworpen en afgedankt en de andere voorwerpen waren kil en zielloos. Ik schoof de gordijnen open en leunde uit het raam. Nog nooit was ik zo klaar wakker geweest. Achter in de tuin zag ik in het zwakke lamplicht de gebogen gestalte van mijn vader, die aan het spitten was.

De volgende morgen werd ik wakker in het besef dat ik een grote schuld had jegens Parel en dat ik geen rust zou kennen voordat ik die had ingelost.

In de ochtendschemering staarden zes paar poppeogen mij uitgeblust aan. Ik schoof in mijn kleren, die ik de avond tevoren binnenstebuiten op een hoop op de grond had laten vallen. Op mijn tenen liep ik de trap af. Buiten zocht ik de plek op waar deze zomer een oude, topzware larix het leven had gelaten. Zijn ragfijne, lichtgroene naalden waren voortijdig geel geworden en verdord en de boom was, alsof zijn krachteloos geworden wortels hun greep op de aarde verloren, langzaam gaan kapseizen totdat hij uitgeput in de armen van een stevige eik was gestorven. Als een grimmig gedenkteken stak de schop kaarsrecht in de omgewoelde grond. In een oogopslag zag ik dat dit geen waardig graf was. Het lag naakt en kwetsbaar in een open ruimte, een kleine vlakte bijna, zonder planten of omlijsting. Parel zou zich hier nooit op z'n gemak voelen.

Zonder enig geluid te maken ging ik het huis weer in, naar de kamer van Mathijs en Gisela. Met mijn vinger op mijn lippen wekte ik ze en vroeg ze fluisterend me te helpen met het opdelven en opnieuw begraven van Parel. Even later volgden ze me in pyjama, nog door slaap bevangen, als in trance naar buiten. Toen we de bank op het terras passeerden, griste ik Parels kussen mee.

Mathijs en Gisela, in hun lichte pyjama's wat ongebruikelijk maar toch stemmig gekostumeerd voor de plechtigheid, vatten post aan weerszijden van het verse graf. Ik begon te graven. Al gauw stootte ik met de schop op de rand van een kartonnen doos. Voorzichtig groef ik er omheen tot ik hem uit het gat kon tillen. Even stond ik besluiteloos met de doos, die loodzwaar was van de aarde, in mijn handen.

Bij de schuur wist ik een plek waar het zomer en winter donkergroen was van de klimop en de overhangende sparretakken. Daarheen begaven we ons in optocht: ik droeg met gestrekte armen de doos, Mathijs sleepte de schop achter zich aan en Gisela hield het kussen bij een punt vast. De lucht was rose van de opkomende zon met bizarre stukjes geel ertussen en de tuin lag stil en zwaar onder de dauw te wachten. In het voorbijgaan keek ik vanuit mijn ooghoeken naar het beeld; in de wakkere, oplettende ogen meende ik goedkeuring te zien.

Ik bukte en zette de doos behoedzaam tussen de klimop. De vochtige sparren verspreidden een kruidige geur: wierook voor Parel. Ik nam de schop over van Mathijs en begon de taaie slierten klimop door te hakken, die hier de bodem overwoekerde. De harde grond verleende met tegenzin toegang. Ik kreeg het warm van het spitten; boven mijn ogen voelde ik een voorbode van hoofdpijn. Tenslotte leek het gat me diep genoeg. Ik kwam overeind en veegde het haar uit mijn ogen. Ik zag sterretjes. Gauw sloot ik mijn ogen en leunde op de schop, zoals ik mijn vader had zien doen.

'Durf jij hem aan te raken?' hoorde ik, timide, de stem van Mathijs.

Met tegenzin deed ik mijn ogen weer open. Van de doos zoals hij daar stond, gebed in de klimop, ging ineens een onbenoembare dreiging uit. Een golf van angst, vermengd met afkeer, sloeg door me heen: Parel moest eruit gehaald worden, de doos moest eerst schoongemaakt. Als ik van hem houd moet ik hem aanraken, dacht ik. Vol weerzin boog ik me over de doos heen en begon met mijn vingers de aarde eruit te werken, maar toen Parels contouren zich aftekenden verstijfden ze. Huiverend staarde ik naar de lichte verheffing.

'Ga nou verder,' drong Mathijs aan.

'Ik wil hem zien,' eiste Gisela.

Ik richtte me op. Met trillende handen pakte ik de schop en schoof hem onder het kattelijf door. Alsof hij een stuk hout was hief ik Parel op. Zand gleed in een ruis van hem af, zand dat met de dood in aanraking was geweest. Zijn vacht zat nog vol, evenals de spleetjes van zijn ogen. Hij was nu veel meer een ding dan de avond tevoren. Voorzichtig liet ik hem op de grond glijden.

'Vind jij hem nog lief?' vroeg Gisela.

'Ja,' zei ik, 'en jij?'

Bevreemd keek ze naar het zanderige lichaam. 'Ik weet niet.'

Door een plotselinge onrust bevangen pakte ik haastig de doos en schudde hem leeg. 'Het kussen,' ordonneerde ik. Werktuiglijk, als in een droom, reikte Gisela het kussen aan. Ik legde het in de doos. Daarna tilde ik met de schop opnieuw Parels lichaam op en vlijde het op het kussen neer. Intussen waren de vogels ontwaakt; ze kwetterden provocerend hun blijdschap uit over de begrafenis van hun tiran. Gisela rende weg en kwam terug met een hemelsblauwe, wollen poppedeken, die ze mij zwijgend in de handen duwde. Zorgvuldig drapeerde ik hem over Parel heen en raakte en passant, heel licht, zijn koude lichaam aan.

Vlug ging ik staan. 'Wacht even,' zei ik.

Ik sprong een bloemperk in, liet mijn ogen vluchtig over de zich langzaam openvouwende bloemen gaan en rukte een roos en twee lelies van de stelen. De lelies drukte ik Mathijs en Gisela in de handen.

'Dag Parel,' zei ik buigend en legde de roos plechtig op de deken, 'slaap maar lekker.'

'Dag Parel,' echoden zij in hun lichte pyjama's en lieten de lelies uit hun mollige handen in de doos vallen.

Zwijgend keken we op de deken en de bloemen neer. Het donkerrood en roomwit deden me denken aan poëzieplaatjes en een spreuk in mijn album: rozen verwelken, bloemen vergaan, maar onze liefde blijft eeuwig bestaan. Zou ik tot in lengte van dagen om Parel blijven geven? Eigenlijk voelde ik me opgelucht, nu we hem bijna begraven hadden. Beschaamd greep ik de schop en stortte aarde tot het gat gedicht was. Her en der in de tuin vonden we steentjes, waarmee we een rand om het graf heen vormden, en groeven pollen melancholische paarse viooltjes uit, die we in de rulle aarde plantten.

'Alleen wij,' zei ik bezwerend tegen Gisela en Mathijs, 'weten dat Parel hier ligt.' Ik keek ze veelbetekenend aan. Ze knikten.

Ineens was het of mijn vingers in brand stonden op de plek waar ik Parel had aangeraakt. Ik rende naar de kraan in de keuken en boende en schrobde mijn handen met water, Vim en een borstel. Als het maar niet al dwars door mijn huid is gegaan, dacht ik.

Uren later, de dauw was al lang verdampt en geen vogel gaf nog blijk van zijn tevredenheid over de begrafenis, maakte ik mijn opwachting bij het bezoek dat in de bebetrekkelijke koelte van de huiskamer diagonaalsgewijs doorgesneden, met rosbief en fricandeau belegde, witte boterhammen zat te eten, die alleen vandaag door mijn moeder sandwiches genoemd werden en stervormig op haar Wedgewood schaal gerangschikt lagen.

'Dat is ze dan, onze oudste dochter.' 'Zo'n grote meid al!' 'Het gaat zo snel, zo liggen ze nog in de wieg en voordat je 't weet zijn het al echte vrouwtjes.' Keurende blikken gleden over mijn lichaam. De lichtblauwe jurk knelde meer dan ooit. Ik had het onbehaaglijke gevoel naar nieuwe, onbekende maatstaven te worden beoordeeld. Lang geleden, toen zij mij nog op schoot nam, was ik met mijn hoofd in mijn moeders oksel weggedoken als de nieuwsgierigheid van vreemden me te veel werd. Nu keek ik strak terug, op mijn beurt onze gasten monsterend.

In de brede, voor mij bestemde glimlach van meneer De Gaai, waarbij een stukje brood van zijn dikke lippen op zijn stropdas viel, waren zijn ogen niet betrokken. Die bleven koel en waakzaam. Zijn vrouw torste een hoog opgemaakt, zwart kapsel op haar hoofd, dat ze traag en bestudeerd bewoog alsof de creatie er bij een onverhoedse beweging af zou kunnen vallen. Haar vingers met bloedrood geverfde nagels rustten gebogen op haar beige plissérok als de scharen van een krab op de ribbelige bodem van een zandbank.

Waarom had mijn vader ze uitgenodigd? Je kon zo zien dat ze het nooit goed met hem voor zouden hebben, noch met iemand anders. Dat ze alleen van een dure rashond konden houden of van een eersteklas renpaard, waar wedstrijden mee gewonnen werden.

'Ik ga maar weer eens naar buiten,' zei ik.

'Is het niet veel te warm om buiten te spelen, kindje?' vroeg de vrouw.

'Och,' zei ik en haalde mijn schouders op, 'het valt wel mee. Hoewel... een zwembad in de tuin zou natuurlijk wel lekker zijn.'

Geamuseerd en verbaasd trok haar man zijn wenkbrauwen op; zij tuitte haar lippen bedachtzaam tot een rode kers.

'Je vader heeft me verteld dat je een groot dierenvriend bent,' zei meneer De Gaai.

'Nou, dierenvriend,' zei ik, 'we hadden een kat, maar die is nu dood.'

Als een al lang in Afrika gewaande trekvogel, die plotseling half bevroren in de sneeuw opduikt, drong het beeld van Parel zich aan me op zoals hij daar nu voor altijd onder de grond lag en binnen korte tijd door iedereen vergeten zou zijn, misschien ook door mij op den duur, al deed ik nog zo m'n best de herinnering aan hem levend te houden. Achter mijn ogen nestelde zich een warm en week gevoel.

'Ach,' zei meneer De Gaai, 'je moet maar denken: je hebt zo weer een nieuwe kat als je wilt. Katten planten zich bijna net zo snel voort als ratten en daar weten wij over mee te praten op het lab...' tersluiks keek hij naar mijn vader die met gebogen hoofd luisterde, 'we hebben tenminste nooit gebrek aan verse toevoer.'

Van mijn vader wist ik wat er met de ratten op het laboratorium gebeurde. Met injectienaalden kregen ze bacteriën of kwaadaardige stoffen ingespoten en wanneer ze op sterven na dood waren werden er pas ontwikkelde medicijnen toegediend, die meestal niet hielpen want daar waren het experimenten voor. Soms genazen ze ten koste van hun haren en tanden, die uitvielen, zodat er in een aan het laboratorium grenzende ruimte een hele ploeg naakte ratten tegen het gaas van de hokken opklauwde.

Zonder dat ik het wilde concentreerde alle wreedheid ooit jegens dier of mens bedreven zich in meneer De Gaai, die minzaam glimlachend zijn boterhammetje at. Hij was de man met de injectienaald, die de ratten doodde, de man die de steen naar Parels kop gooide, de man die mijn vader zijn onderzoeksresultaten uit de handen griste om er een goede indruk mee te maken bij de directie.

'Ik heb gehoord dat u ook veel van dieren houdt,' zei ik.

'Hoe bedoel je?' vroeg hij, rustig doorkauwend.

'Nou,' ik verplaatste mijn lichaamsgewicht naar mijn andere been en zei effen, 'omdat u graag met andermans veren pronkt.'

De kaken van meneer De Gaai verstarden halverwege een kauwbeweging. Zijn blik schoot van mij naar mijn vader, die me overrompeld en verbaasd aanstaarde alsof hij mij voor het eerst in zijn leven zag. Mijn moeder stond bruusk op en zette de koffiekopjes rammelend op het zilveren dienblad.

Ik schraapte mijn keel. 'Ik eh,' zei ik hees, terwijl ik mijn ogen neerwaarts gericht hield op de handen van mevrouw De Gaai, waarvan de vingers zich kromden in haar schoot alsof ze een kuikentje fijnknepen, 'ik ga maar weer eens.' Ik draaide me om, opende blindelings de deur en rende naar buiten. Ik snakte naar adem. Ieder ogenblik kon mijn hoofd uit elkaar barsten.

Ik werd wakker uit een koortsige dommel waarin ik meende dat de heerschappij over de wereld in handen van insekten was geraakt. Met een bezittersair hadden ze bezit genomen van onze huizen. Overal krioelden ze: op het aanrecht tussen de etenswaren, in bed als je de dekens opsloeg, in het putje van de gootsteen en het bad, op de kamerplanten die ze kaal vraten, in de mouwen en broekspijpen van je kleren. De meesten hadden langwerpige, trillerige lijven met twee of vier vliesvleugels, maar er waren ook spinnen bij met behaarde poten, die geweldige waslijnen sponnen dwars door de kamers heen, en bedrijvig heen en weer scharrelende torren en mieren. In paniek was ik het huis uitgerend, maar in de tuin wachtte een nog erger tafereel: een gigantische meikever met een zwart glimmend pantser en de kop van meneer De Gaai zat boven op het beeld een ketting van rode spinnetjes te verslinden. Steeds verdwenen er twee, drie tegenspartelende spinnetjes tegelijk tussen zijn malende kaken.

Zwetend kwam ik overeind. Overal jeukte het. In de huid van mijn armen en benen stonden de afdrukken van ontelbare grassprieten en mijn jurk was een en al kreukel. Op hetzelfde ogenblik werden de tuindeuren ogengegooid en braakte het huis meneer en mevrouw De Gaai uit, gevolgd door mijn ouders. Ze hadden ieder een glas in de hand met fonkelende rode wijn erin en betraden lacherig en rumoerig het terras. Gisela werd opgetild en weer neergezet. Men toostte schertsend met een kopje citroenlimonade. Terwijl hij een flinke slok nam ontdekte mijn vader mij en wenkte me.

Schoorvoetend, op zware benen, stak ik het grasveld over.

'Zo, stoute meid,' lachte meneer De Gaai en gaf me een speels klapje op mijn billen, 'ben je daar weer?'

Ik knikte stom.

'Waar heb je gezeten?' kirde zijn vrouw, 'je ziet er zo slordig uit.'

Sloom maakte ik met mijn arm een vage beweging in een onbepaalde richting.

'Kijk eens,' zei mijn moeder en drukte me een glas limonadegazeuse in de hand, 'je zult wel dorst hebben.'

Zij was de enige die niet was aangestoken door de plotselinge, onverklaarbare vrolijkheid. Vriendelijk, maar nog altijd gereserveerd, voegde zij zich aan de zijde van mevrouw De Gaai, die een beetje onvast ter been, alsof ze voor het eerst van haar leven op gras liep, haar man volgde. Deze was druk pratend en gebarend onze tuin ingewandeld terwijl mijn vader begrijpend met zijn hoofd knikte en af en toe in een daverend gelach uitbarstte. Mijn moeder wees attent op enkele bloemen, maar haar gast wierp er slechts een korte blik op omdat ze nauwlettend haar man in de gaten hield, alsof deze plotseling uit haar blikveld zou kunnen verdwijnen.

Ik slenterde de huiskamer in en pakte een uitgedroogde boterham van de schaal. Wat kon er gebeurd zijn? Ogenschijnlijk was alles op zijn pootjes terecht gekomen, maar het wachtkamergevoel was nog niet uit mijn buik verdwenen en een nieuwe angst kwam in me op: dat mijn vader misschien wel op een geraffineerde manier in de boot genomen werd, en wie weet meneer De Gaai ook door mijn vader.

In ieder geval was er niemand boos op mij. Mijn woorden hadden blijkbaar geen enkele invloed gehad. Achtergelaten in een stoel glansde de lakleren handtas van mevrouw De Gaai me tegemoet. Ik sloop erheen en opende de knip. Keurig in aparte vakjes ondergebracht wachtten lipsticks, parfums, een kanten zakdoekje met een monogram, een sigarettenaansteker en een gouden sigarettendoos, een poederdoos en vier flesjes met gekleurde pillen op de roodnagelige vingers van mevrouw De Gaai. Gauw klapte ik de tas dicht.

Als ik mijn vader was, dacht ik, zou ik niets met deze mensen te maken willen hebben. Ik zou mijn ontslag nemen en naar Canada emigreren, of desnoods naar Australië of Nieuw-Zeeland om aan hun grijpvingers te ontkomen.

Niet wetend wat te doen staarde ik naar buiten. Ging het maar onweren, dacht ik, met woedende, alle onrecht wrekende bliksems en hevige slagregens die alle onzuiverheden van de aarde wegspoelden.

De Grote Moeder

Bijna onmerkbaar gleed het glinsterende lemmet vanuit het berkehout in mijn vinger. Op het houten heft van mijn zakmes had ik meteen na aankomst in het kamp met rode letters mijn nieuwe naam geschilderd: Zwarte Bison. Dezelfde kleur rood sijpelde nu uit mijn vinger en gleed in een straaltje omlaag over mijn handpalm.

'Ido mein, ado mein, ido mein, ado mein, ido mein Hááánns...' zongen de hoge meisjesstemmen om me heen. Eén sopraan galmde er opdringerig bovenuit.

Het deed geen pijn. Traag zocht het bloed zich een weg. Ik volgde het met mijn ogen, zoals ik naar een beekje zou kijken dat van een heuvel omlaag stroomt. Het bereikte mijn pols. Zonlicht scheen in banen tussen de parapluvormige kruinen van de dennen door op de blonde en donkere hoofden, die zonder uitzondering gebogen waren over het houtsnijwerk dat voor deze middag op het programma stond. Geduldig en onder niet aflatend gezang maakten we, omdat het kamp in het teken van de Noordamerikaanse indianen stond, ieder onze eigen miniatuurtotempaal uit een verse berketak, die we van de witte bast ontdeden, kerfden en tenslotte zouden beschilderen. Alleen guido Ravenhorst hield zich afzijdig; zij zat te lezen in een boek met een goor, grijs-bruin kaft.

'Hans hat ein Hütchen auf, Hütchen auf, mit schöne Feder d'rauf, Feder d'rauf...'

Ineens begon de kring van meisjes te trillen voor mijn ogen en ook hun gezang klonk niet meer vloeiend en melodieus, maar bereikte in staccato mijn oren. Ze zongen en zongen maar door terwijl ik langzaam leegbloedde. 'Oehoe, oehoe Maritha,' riep ik dwars door het lied heen naar Maritha, die eigenlijk leidster van de kabouters was maar voor de duur van deze vakantie door mevrouw Ravenhorst was 'geleend'. Een koele wind streek langs de wond, die venijnig begon te steken.

In gedachten verzonken keek Maritha op. 'Lieve hemel, Lise!'

Met een dikke keel stond ik voor haar. Mijn vinger stak dwaas omhoog, als een vreemd voorwerp dat ik in mijn hand hield. Het bloed drupte via mijn elleboog op de grond.

Maritha kwam overeind, trok mijn hand naar zich toe en bekeek de snee. 'Doet 't pijn?'

Ik knikte.

Guido Ravenhorst keek koeltjes over haar leesbril heen. 'Ze zal het wel overleven,' zei ze.

'Kom,' zei Maritha, 'dan halen we de verbandtrommel.'

Ze sloeg een arm om mijn schouder en voerde me mee tussen de dicht bijeen staande dennestammen, waar het zonlicht geweerd werd en een schemering heerste die niet aan seizoenen gebonden was. Zelfs de zeewind drong hier niet door; de atmosfeer was vochtig.

Naarmate wij vorderden stierf het gezang weg. Door haar blauwe padvindstersjurk heen voelde ik de warmte en de zachtheid van Maritha's lichaam. Er kwam een raar verlangen in me op: dat Maritha in een plotseling opkomende vermoeidheid de verbandtrommel zou vergeten en, mij meetrekkend, zich zou uitstrekken op het mos. In gedachten zag ik haar in dit gefilterde licht, in deze lauwte, op de zacht verende bodem liggen: met gesloten ogen, een iets geopende mond en hier en daar een dennenaald in haar uitgespreide haren. Haar ene arm lag nog steeds om mij heen. Eigenlijk wilde ik dat het kamp niet meer bestond, dat de hele kring van zingende en houtbewerkende meisjes in kolonne zou afmarcheren de duinen in, met guido Ravenhorst aan de kop, dreunend met haar zware alt het tempo aangevend: links, rechts, links, rechts, halt.

'Ik was al bang,' zei Maritha, 'dat er zoiets zou gebeuren.'

'Het mes schoot zo maar uit,' zei ik, 'voordat ik er erg in had.'

Tussen de stammen door schemerde het gebroken wit van de tenten. Even later liepen we het zonovergoten kampeerterrein op. Voor de fouragetent smeulde het houtvuur van die ochtend nog na. Maritha pulkte de koordjes van de tent los en wenkte me binnen te komen. Achter potten pindakaas en appelstroop vandaan haalde ze een witte trommel met een rood kruis erop.

Het was benauwd in de tent. Maritha nam een rolletje gaas, pleister, een fles jodium en een schaartje uit de doos. Ze draaide de dop van het flesje en liet enige druppels in de snee vloeien. Tranen sprongen in mijn ogen. ' 't Is zo voorbij,' zei ze. Ze knipte een stukje gaas van de rol, vouwde het een aantal keren dubbel en legde het met haar smalle vingers behoedzaam op de wond. Met twee pleisters zette ze het tenslotte vast. Terwijl ik het schone, spierwitte verband rond mijn groezelige vinger bekeek stopte ze alle ingrediënten terug in de trommel en nam me bij de arm mee naar de pomp. Met de natgemaakte watten wreef ze het bloedspoor, dat was opgedroogd en hier en daar scheurtjes vertoonde, weg.

'Ik heb dorst,' zei Maritha. Ze zwengelde nog eens aan de pomp, vormde met holle hand een kommetje en dronk met gesloten ogen.

Ik wist niet of het iets in haar gezicht was, dat smaller leek door het over haar schouders, halsdoek en insignes heenvallende donkere haar, of in de manier waarop ze dronk – met een zekere wijding alsof het om een ritueel ging – maar ik moest aan een plaatje denken in *De Engelbewaarder*, een rooms-katholiek jeugdblad dat ik soms bij mijn buurmeisje las. Er stond een Frans meisje op afgebeeld in een korenblauwe jurk, feller blauw dan Maritha's uniform. Op een dag had zij in de bossen achter het ouderlijk huis Maria zien verschijnen bij een bron die uit de rotsen opwelde. Sindsdien dronk ze elke dag van het gewijde water, in de hoop dat de gebeurtenis zich zou herhalen.

'Wil je ook?' vroeg Maritha. Opnieuw liet ze het kommetje volstromen. Ik bukte me en dronk uit haar handen, beschaamd over de slurpende geluiden die ik maakte in mijn angst dat het water voortijdig tussen haar vingers door zou sijpelen.

In de namiddag had ik korvee. Achter de fouragetent zaten Nadine en ik met een plastic emmer vol melk tussen onze benen en een lange houten lepel in de hand. Zwijgend goten we met de ene hand een indrukwekkende hoeveelheid pakjes puddingpoeder leeg in de melk die we, roerend met de andere hand, tot een klontvrije pudding moesten laten stijven.

De zon, die net boven de toppen van de bomen uitkwam, scheen recht in ons gezicht.

'Pfff,' zei Nadine, met de rug van haar hand over haar bezwete voorhoofd strijkend, 'ik kan niet meer.' Ze stak haar tong uit naar de suikerspinrose brij in de emmer, zette de lepel er rechtop in en strekte haar benen. Er zweefde een wolkje dansende muggen voorbij. In de verte zongen de anderen onvermoeibaar: 'En d'r is nog soep,

soep, voor de hele troep, al in de tent, al in de tent...'

'Kom je morgenochtend ook kijken,' Nadine keek me aan, 'als guido Ravenhorst zich wast?'

'Hoezo?' vroeg ik. 'Wat is daar dan aan te zien?'

Nadine's lichtblauwe ogen werden kogelrond van verbazing: 'Wist je dat nog niet?'

'Wat?'

'Dat ze 's morgens voor dag en dauw opstaat, als iedereen nog slaapt, om zich alleen bij de pomp te kunnen wassen.'

'Wat is daar voor bijzonders aan?'

'Dat is niet te beschrijven,' giechelde Nadine en deed een wilde draai met haar lepel in de pudding, 'dat moet je zelf zien.'

'O,' zei ik.

'Moet ik je wakker maken, ja of nee?'

Ik haalde mijn schouders op: 'Doe maar.'

Guido Ravenhorst lag naast me te ronken als de motor van de vissersboot die we de vorige dag de naburige haven hadden zien uitvaren. Diep in het binnenste van haar lichaam hield een zwaar, geolied raderwerk zichzelf draaiende, de bolling van de slaapzak deinde log heen en weer. Af en toe blies ze, de adem schurend langs haar keel, met geopende mond stoom af.

Ik kreeg het benauwd bij de gedachte dat we hier met z'n tienen lagen uit te wasemen. De tent was tot in de nok toe gevuld met bedorven lucht. Pas over twaalf dagen zou ik weer in mijn eigen kamer kunnen slapen, met het raam open.

Wat deden mijn vader en moeder nu? Dronken ze champagne bij kaarslicht? Aten ze toast met kaviaar? Zaten ze in het Lido, de Moulin Rouge, op de Place Pigalle? Ik zag de verleidelijke namen over de betekenis waarvan ik alleen fantasieën had in gekleurde neonletters voor me.

Dat ze Babette wel meenamen terwijl ze mij in dit kamp hadden weggemoffeld hield me tot nu toe elke avond uit de slaap. 'Nog een paar jaar,' zei mijn vader, 'als je zo oud bent als Babette.' Teder en liefdevol sprak hij haar naam uit en meteen stond ze, hoewel niet lijfelijk aanwezig, levensgroot tussen ons in met haar kokerrokje in pied-de-poule, de dunne hakjes waarop ze zich uitgebalanceerd voortbewoog alsof haar hele leven tot nu toe één lange voorbereiding hierop was geweest, en haar krullen die ze voor de spiegel eindeloos kamde, föhnde en opstak met haarspeldjes, -kammetjes en klemmetjes, schitterend van de nepdiamantjes. Schalks over haar blote schouder kijkend genoot ze van haar spiegelbeeld, tuitte haar gestifte lippen en lachte voldaan naar mijn op de achtergrond in bewonderende overgave toekijkende, spichtige gezicht.

Met haar konden mijn ouders zich rustig op de Place Pigalle vertonen.

Aan mij, met mijn sprieterige armen en benen – ik had knokige knieën zoals voetballers en hardlopers – viel geen eer te behalen. Mijn moeder klaagde over de vlekken, scheuren, gaten en winkelhaken in mijn kleren. Ik liep altijd overal tegenop, zei ze. Wat was ze te spreken geweest over de kwaliteit van het padvindstersuniform en verheugde ze zich op de eisen die het Nederlandse padvindstersgilde aan mij zou gaan stellen volgens het boekje dat de 'Gildewinckel' met dat doel had uitgegeven: schoenen, koper en zilver poetsen; de eigen das kunnen wassen en strijken; kleren netjes uithangen of opvouwen; weekendkoffertje inpakken; tanden, nagels, oren schoonhouden en weten waarom; teken- of plakboekje maken van vijf gezondheidsregels; een voorwerp haken, breien of knutselen; bloemen schikken.

Ik kon mijn draai maar niet vinden. Nu eens keerde ik

guido Ravenhorst en haar stoorzender de rug toe, dan weer meende ik op mijn andere zij toch meer kans te maken in slaap te vallen. Steeds moest ik, in de smalle slaapzak, vechten tegen de aandrang om mijn benen te spreiden of hoog op te trekken. Strootjes uit het matras prikten in mijn huid en in mijn pyjama scharrelden ontheemde mijten rond.

Het had trouwens niet veel gescheeld of ik had toch niet naar het kamp gehoeven. Twee weken voor ons vertrek had iemand mijn moeder ingefluisterd dat meneer Ravenhorst bij de NSB was geweest. Via alle kanalen waarover zij beschikte informeerde ze naar het waarheidsgehalte van dit gerucht. Het werd door iedereen bevestigd. Maar omdat de reis naar Parijs al lang tevoren geregeld was en zich voor mij niet zo gauw een andere oplossing voordeed, besloot mijn vader dat de plannen gewoon doorgang zouden vinden.

'De oorlog volgt ons als een schaduw,' zei hij, 'dat moet maar eens afgelopen zijn.'

'Sssj.'

Ik opende mijn ogen. Met een vinger op haar lippen stond Nadine over me heen gebogen. 'Kom je?'

Nog katterig van het onbehaaglijke gevoel waarmee ik de vorige avond was ingeslapen wrong ik me uit mijn slaapzak.

Nadine bukte om de voorhang van de tent los te maken, twee anderen stonden in nachtpon te wachten. Verder sliep iedereen nog. Een meisje was in haar slaap half uit haar slaapzak gekropen als een rups die halverwege haar ontpopping is blijven steken en een ander was van het matras afgerold en lag in een rare kronkel op het grondzeil. Naast me lag Hella met de punt van haar laken als een fopspeen in haar mond.

Nadine kroop als eerste naar buiten, wij volgden geruisloos. Omzichtig sloop ze naar de achterkant van de tent en verdween in de struiken. Als vanzelfsprekend nam zij de leiding over onze patrouille. Nu waren we pas echt verkenners. Met gebogen rug en alert op dorre, krakende takjes liepen we behoedzaam in een boog rond het kamp totdat we tussen de berkebladeren en de kamperfoelie door een onbelemmerd zicht op de waterpomp hadden.

Guido Ravenhorst voltooide juist haar laatste gymnastiekoefening. Ze rekte zich op haar tenen uit met de armen hoog boven het hoofd geheven alsof ze de ochtendzon wou grijpen. Daarna boog ze diep en plechtig voorover, kwam weer overeind en rustte even, haar gezicht glimmend van inspanning. Ze nam haar bril met het dikke, zwarte montuur af en wreef in haar ogen. Toen legde ze hem op het stenen muurtje achter de pomp en pakte er een mosterdkleurige handdoek en washand af, die ze van tevoren had klaargehangen naast haar uniform en bh met reusachtige, als koepels in de zon glanzende cups.

Nadine gaf me een por in mijn zij. 'Nou komt 't,' fluisterde ze. Het leek wel of om ons heen alle vogels tegelijk wakker werden, het was een ophitsend gekwetter en gekwinkeleer. Veel heviger dan overdag rook het naar droog gras en dennenaalden. Ik voelde de moeheid nog achter mijn ogen.

Op haar gemak knoopte guido haar gestreepte pyjamajas open. Zware borsten openbaarden zich, reikend tot aan haar pyjamabroek, met grote donkerbruine tepels die ons bestraffend aankeken. Guido hield het washandje onder de straal helder pompwater en zeepte het fors in, waarbij haar borsten heen en weer wiegelden. Een voor een waste ze haar zwart besnorde oksels en haar armen, toen haar gezicht, hals en borsten.

Niemand van ons lachte. Roerloos en met ingehouden

adem keken we toe. Op dit moment was het een huiveringwekkend vooruitzicht vrouw te moeten worden. Ik vroeg me af wat guido Ravenhorst met de oorlog te maken kon hebben, zo weerloos leek ze met haar blote, ingezeepte lijf. Wat was ze rose! Een vreemd, rose element temidden van al het groen. Nog geen vijftien jaar geleden hadden in deze bossen en duinen de bloedigste gevechten gewoed en nu stond guido zich hier in alle rust en vreedzaamheid te wassen.

Guido had het washandje uitgespoeld en opnieuw ingezeept. Ze ging wijdbeens staan als een bootwerker, trok met een ferme greep ter hoogte van haar buik het elastiek van de gestreepte pyjamabroek naar voren en boende zich met de rechterhand tussen de benen. Lodderig keek ze met haar bijziende ogen voor zich uit, haar mond hing woordloos open.

Boven ons ruiste de wind in de toppen van de bomen. Hoorde je hier ook de zee, of was dat verbeelding?

Het boenen hield lang aan.

Ineens spande naast mij het lichaam van Nadine zich als dat van een sprinter vlak voor de start. Haar hoge, schelle stem verbrak de stilte: 'Hoort, zegt 't voort, juicht nu mijn Nederland,' galmde het door 't bos. Het waren de eerste twee regels van het vermaarde padvinderslied.

Guido Ravenhorst verstarde en liet in paniek het elastiek van haar pyjamabroek los, dat als een katapult tegen haar buik schoot.

Nadine sleurde ons mee het bos in. Dwars door het kreupelhout renden we terug naar de tent. Hijgend en met bonzend hart kropen we naar binnen. De andere meisjes lagen nog in dezelfde houding. Onze haren vol takjes en met schrammen op de benen verscholen we ons in de slaapzakken met de onschuldige uitdrukking op ons gezicht van iemand die nog in diepe slaap is.

In een lange, wanordelijke sliert trokken we door de duinen. Af en toe scheerde een zwerm krijsende meeuwen, om ons te imponeren, laag over onze hoofden heen. Sommigen van ons gilden van schrik, van opwinding. 'Ik raad jullie aan een hand met een wijsvinger omhoog op je hoofd te leggen,' riep Maritha, 'anders pikken ze misschien in je hoofdhuid.'

Aan een touwtje om onze nek hing een boekje met opdrachten voor deze vakantie. Een totempaal snijden was een ervan geweest. Nu moesten we de namen van twintig bloemen en grassoorten, die we tijdens de wandeling naar zee ontdekten, noteren.

Van een vochtige plek in de berm had ik in het voorbijgaan een bos lange, bloeiende grasstengels meegerukt met een warreling van zilverpaarse aartjes in de halm. Ik stak er Hella, die naast me liep, een toe en zei: 'Ik weet iets leuks. We draaien de pluimen in elkaar en trekken tegelijk even hard. Een van de grashalmen breekt dan af en de ander heeft gewonnen en mag een wens doen.'

Ik trok er een voor mezelf uit de bos en duwde de halm in die van Hella. Tussen duim en wijsvinger draaiden we de stengels naar rechts. De zilveren aren raakten in elkaar verstrengeld en verstrikt. Op een teken van mij gaven we allebei een korte, felle ruk. Ik hield een onthoofde steel in mijn hand, Hella giechelde en keek toen met half dichtgeknepen ogen strak voor zich uit.

'Je mag een wens doen,' zei ik.

'Heb ik al gedaan,' vluchtig keek ze me aan, 'ik doe altijd dezelfde wens. Zullen we het nog een keer doen?'

'Het lukt alleen maar met smele,' zei ik, 'met andere grassoorten gaat het niet.'

'Smele?' Ze trok een grimas. 'Wat een naam!'

Even keek ze beduusd naar de stengel met de misvormde halm, die ze nog steeds in haar hand hield. 'Hé,' riep ze toen, 'oehoe, oehoe!' Ongeduldig trok ze Maritha die voor ons liep aan haar mouw.

'Dit gras heet smele, mogen we dat opschrijven?'

'Wie zegt dat?' vroeg Maritha.

'Lise.'

'Weet je 't zeker, Lise?' Maritha keek me ongelovig aan.

Ik knikte.

'Goed,' besloot Maritha, 'jullie kunnen allemaal smele opschrijven.'

Niet alleen de naam werd naar achteren doorgegeven, ook de stengels uit mijn grasboeket vonden gretig aftrek. De meeuwen waren vergeten. Er werden alleen nog gevechten tussen grashalmen geleverd.

Vanuit zee kwam een vage mist de duinen indrijven. We doorkruisten een moerassig gebied in een uitgestrekte vallei. De bodem sopte onder onze voeten. Betrapte vogels klapwiekten krijsend uit het riet op.

Maritha keerde zich naar mij toe. 'Weet je misschien ook wat dit is?' Ze hield een geel bloemetje in de hand met samengestelde blaadjes die aan de onderkant zilverwit opglansden.

'Dat is zilverschoon,' zei ik.

'Zilverschoon!' riep Maritha. Haar stem schalde door de vallei, de rietpollen gaven het geluid aan elkaar door. Maritha hield het fragiele bloemetje omhoog opdat men het achteraan, waar guido Ravenhorst de gelederen sloot, zou kunnen zien. Daarna ging het van hand tot hand.

Iemand anders liet een grasstengel met een eendedonsachtige pluis eraan naar mij doorgeven. Uit angst uitgelachen te worden als ik deze naam ook wist durfde ik niets meer te zeggen en haalde mijn schouders op.

'Weet je 't echt niet?' drong Maritha aan.

'Veenpluis.' Ik zei het zo zacht dat het bijna was of de

zeewind het ons influisterde.

'Hoe weet je dat allemaal?' vroeg Maritha.

'Van mijn moeder.' Ik keek naar de grond. Er waren weinig planten, bomen, struiken, paddestoelen, vogels, die mijn moeder niet bij name kende. Tijdens wandelingen had ze het terloops over een drieteenstrandloper en een groenpootruiter, over tandveldkers en zandscheefkelk, met een ongedwongenheid en een vanzelfsprekendheid alsof ze het over een tafel en een stoel had. Nauwelijks had ik leren praten of ze wees me al langs de neus weg alles aan waar onderweg haar oog op viel. We hadden het nooit als een verdienste beschouwd die namen te kennen.

'Waarom kom je niet naast me lopen?' vroeg Maritha, 'dan leid jij deze verkenningstocht door het plantenrijk.'

Blozend verschoof ik zonder enige noodzaak de padvindsterspet op mijn hoofd. Maritha verzocht het meisje dat naast haar liep met mij te wisselen.

Het slingerende duinpad lag nu onbetreden voor me. Met een beetje fantasie kon ik me verbeelden dat ik met Maritha alleen liep en dat het lange, kwetterende aanhangsel achter ons niet bestond. Al lette ik koortsachtig op de bodem – geen enkele bloem of grassoort mocht nu aan mijn aandacht ontsnappen – toch kon ik niet nalaten zo nu en dan een tersluikse blik op Maritha te werpen. In ontspannen toestand had haar gezicht een weemoedige uitdrukking, alsof ze een onstilbaar verlangen koesterde waarover ze nog nooit met iemand had gesproken. Leefden misschien haar vader en moeder niet meer? Had ze bij een bombardement een broertje of een zusje verloren? Ik durfde er niet naar te vragen. Ik wist niets anders te doen dan zoveel mogelijk planten voor haar te verzamelen.

Dus verraste ik haar met het onooglijk kleine, rode bloempje van de guichelheil, met wilde reseda, slangekruid, akkerwinde, zegge, zeebies. Na ze uitvoerig te hebben bekeken gaf Maritha de planten door naar achteren, waarna ze tenslotte in beduimelde, gekneusde en misschien onherkenbare toestand bij guido Ravenhorst belandden. Toen we de jongste, nauwelijks begroeide duinen bereikten en de anderen het helmgras herkenden, waarvan we op school uittentreure geleerd hadden dat het onze blanke duinen bij elkaar hield, waren onze boekjes al vol.

Aan het strand was de nevel dichter. Toch rukten de meesten van ons hun schoenen en sokken uit en renden de branding in. Al die pootjebadende uniformen – het was een kruising tussen soldaten die overhaast de vlucht nemen in nauwelijks zeewaardige bootjes en, vanwege het geschater, het opgewonden gegil en de hoog opgeschorte rokken, een groepje badende nonnen.

Een beetje verloren sloeg ik ze gade. Ineens was mijn glorie ten einde, mijn taak volbracht. Ik was overbodig geworden. Glimlachend liet Maritha de golven tot haar dijen komen. Niet in staat te delen in die uitbarsting van energie sjokte ik langs de vloedlijn. Ik vond een lege schoen van iemand die misschien verdronken was, een gloeilamp, een sinaasappel die nog vers leek, een krat met 'fragile' erop, zwarte slierten afgestorven zeewier, een gesloten flesje met een geheimzinnige vloeistof erin, veel planken en felgekleurde nylon touwen. Het leek of er aan de lopende band schepen door de Noordzee verzwolgen werden. Een tijdje liep ik met een mooi groen flesje vol glasblaasjes in mijn hand, maar een stuk verderop liet ik het weer vallen. Ik keerde om en zag guido Ravenhorst op de uiterste punt van de strekdam staan, weer in de bootsmanshouding; haar hoog opwaaiende rok openbaarde stevige, zich schrap zettende kuiten en dijen. Af en toe bukte ze zich om iets te pakken. De mist knabbelde aan haar contouren.

Ik voelde me leeg. De zee maakte alle menselijke gevoelens overbodig. Vermoeid sjouwde ik naar een door duinafslag op het strand gezakte bunker, die half schuilging onder het zand. Ik klauterde er op en ging zitten, mijn benen bungelend over de rand.

Wat later voegde Hella zich bij me met een pet vol schelpen. Daarna doemde uit de mist guido Ravenhorst op met een dichtgeknoopte zakdoek in haar hand. Ze hees zich hijgend op de bunker en zeeg naast me neer. Ongeduldig opende ze de zakdoek. Er zaten elegante, zwarte mosselen in met een parelmoeren weerschijn. Ze pakte haar zakmes uit haar leren gordel en liet het – klik – openschieten. Haar paddige handen vielen me op en een ring met een vette, rode steen erin. Nauwkeurig zette ze de punt van het mes in de spleet tussen de twee aaneengeklitte schelpen en wrikte de mossel open. Zwartgrijze haarslierten vielen over haar bezwete voorhoofd en de zware bril zakte tot halverwege haar neus. Met begerige handen trok ze de schelpen vaneen. Een snotterige brij kwam in zicht, met dunne slijmslierten aan de schelp vastgezogen. Guido Ravenhorst boog haar gezicht over de delicatesse heen, haar volle lippen stulpten uit en zogen de inhoud van de schelp in een geweldige slurp naar binnen.

Ik werd een beetje duizelig, wendde mijn hoofd af en keek naar de horizon, waar de aarde ophield te bestaan om plaats te maken voor een ontzagwekkende, peilloos diepe afgrond.

Die avond ging guido laat naar bed. Als een kapitein in zijn hut zat ze bij gaslicht het logboek bij te houden met een fles wijn en een half gevulde kroes naast zich.

Temidden van het onderdrukte gepraat en gegiechel in de slaapzakken lag ik op mijn rug naar de nok van de tent te staren en telde het aantal dagen dat ik hier nog moest blijven.

'Hé, Lise.'

In het halfdonker bracht Hella haar gezicht dicht bij het mijne.

'Ik heb vandaag een brief van thuis gekregen,' fluisterde ze, een sterke dranklucht in mijn gezicht blazend, 'met een trommeltje bonbons erbij. Wil je er een?'

'Ja,' zei ik.

Er werd een grote, ronde bonbon in mijn hand gestopt. 'Niet tegen de anderen zeggen, anders zijn ze in een keer op.'

'Wat schrijven je ouders?' vroeg ik.

'O niks bijzonders,' zei Hella luchtig, 'dat ze me missen en dat soort onzin.'

Er zat likeur in de bonbon.

'Zal ik bij je komen?' Zonder op antwoord te wachten schoof ze haar matras tegen het mijne aan en ritste haar slaapzak open.

'Doe je slaapzak eens open,' gebood ze.

Hoewel ik met rust gelaten wilde worden durfde ik niet te weigeren. In haar nachtpon van soepele dunne stof kroop ze tegen me aan.

'Wil je er nog een?' Ze had haar trommeltje meegenomen.

'Best.'

Deze smaakte naar de jamaica-rumbonen die mijn vader soms meebracht.

'Kom eens met je hoofd onder de dekens.'

Ik trok de slaapzak tot over mijn haar. Met een schelle zaklantaarn scheen ze recht in mijn gezicht.

'Schei uit,' zei ik. Even sloot ik mijn ogen en zag twee rode vuurballen.

Ze lachte. 'Wat heb jij een keurige pyjama aan, zeg.'

Tussen duim en wijsvinger keurde ze de stof.

'Mag ik 's in je pyjamajasje kijken?' Haar gezicht werd vreemd belicht, zoals in griezelfilms bij mensen die 's nachts met een kaars in de hand door de eindeloze gangen van een Engels landhuis lopen.

'Waarom?'

'Zomaar.'

'Voor mijn part,' zei ik.

Met een hand pulkte ze de knoopjes los. Ze boog haar hoofd. Ik rook de mensengeur van haar borstelige rattekopje.

'Zooo,' bewonderend keek ze me aan, 'wat een grote heb jij al zeg.'

Door een mengsel van trots en schaamte in verwarring gebracht wilde ik mijn pyjamajasje weer dicht doen, maar ze hield mijn hand tegen. 'Niet doen,' zei ze, snel ademend 'ik wil nog even kijken.'

Mijn schaamte won.

'Welke fimster is jouw favoriet?' fluisterde ze.

'Ik weet niet. Doris Day misschien.' 't Was de enige die ik zo gauw wist te verzinnen.

'Voor mij is 't Brigitte Bardot,' zei Hella dromerig, 'die vind ik zo mooi.'

Haar hand gleed over mijn huid. Ik keek toe terwijl ze mij aandachtig met dunne, zachte vingers streelde. Toen richtte ze zich half op en boog zich, leunend op haar ellebogen, over me heen. In het schijnsel van de omgevallen zaklantaarn zag ik haar lippen naderen. Ik draaide mijn hoofd opzij en voelde een onhandige, natte kus achter mijn oor neerkomen.

Langs mijn voet bracht een kolonne bosmieren een takje dat zeker twintig maal groter was dan zijzelf naar veiliger oorden, onbewust welk potentieel gevaar ze rakelings passeerden: mijn voet zou in een keer de arbeiders met bouwmateriaal en al kunnen vermorzelen.

In onze kring werd ook gewerkt. Van stukjes katoen en lange gekleurde veren naaiden we een indianentooi, die we deze avond zouden dragen bij het heilige inwijdingsritueel dat door guido Ravenhorst in een waas van geheimzinnigheid werd gehuld. Elke veer moest apart vastgezet worden. De zon brandde op mijn hoofd. Met verlangen dacht ik aan de zee. Intussen zongen we, als in een negro-spiritual, steeds dezelfde regels in oplopende snelheid om vast in de stemming voor die avond te komen: 'Jaagt gij mee, gij broeders, ja wij jagen mee... toemba, toemba, toemba, toemba, toemba, toemba...'

Terwijl mijn vingers het pietepeuterige werk deden zag ik in gedachten mijn vader en moeder hand in hand over een door sierlijke loofbomen beschaduwd Montmartre slenteren, in het kielzog van Babette die naar de schilders lonkte en zich door hen liet smeken haar te mogen portretteren. Ik had die ochtend een ansichtkaart van ze ontvangen waarop Montmartre in valse kleuren stond afgebeeld. 'Dag lieve schat,' schreef mijn moeder, 'geniet maar lekker in het kamp.'

'Ai.' Ik prikte in mijn vinger en zoog het bloed op. Naast mij zette Nadine met kordate snelheid de ene veer na de andere vast. Zonder van haar werk op te zien boog ze zijwaarts naar me toe en zei zachtjes: 'Ga je straks mee naar het strand? Ik heb een afspraakje.'

'Met wie?'

'Met een stel zeeverkenners uit een kamp verderop.'

'Goed,' zei ik. Alles was beter dan hier in die snikhete bossen rond te hangen onder het oog van guido.

Met onze schoenen in de hand liepen we langs de branding. Af en toe renden we er in een boog doorheen. Het zeewater spatte in een fontein van druppels op, zodat de rok van ons uniform nog donkerder blauw werd. Onze bruine benen glansden nat. Er was een grote overeenkomst tussen Nadine's rose geverfde teennagels en de tere rose schelpjes die hier aanspoelden.

Het was windstil. Wattige wolkjes hingen prentbriefkaarterig in de lucht. De zon was roesverwekkend warm. Ik had wel eindeloos door willen lopen zonder ooit terug te keren naar het kamp.

Het strand werd drukker. Behoedzaam stapten we over kastelen, slotgrachten en kanalen heen. Over mollige, met witte flaphoedjes in de branding geposteerde peuters. Vrouwen zaten aan de tijd ontheven te breien in rieten strandstoelen of hieven het gezicht in aanbidding naar de zon. Vaders legden hun zonen aan de hand van een hengeltje waarmee nooit een vis gevangen zou kunnen worden de beginselen van het vissen uit.

We lieten de zonaanbidders achter ons. In de verte kwam de al lang geleden uit zijn functie ontheven bunker in zicht. Er bovenop tekenden twee figuurtjes met witte petten op zich scherp af tegen de blauwe hemel.

'Daar heb je ze,' zei Nadine.

De twee petten sprongen met een sierlijke boog van de bunker af en liepen ons tegemoet. Met tegenzin liet ik tot me doordringen dat deze jongens het doel van onze tocht waren.

'Hallo,' zei Nadine, 'dit is Lise.'

'Hoi,' knikten de jongens kort, de handen in de zakken van hun korte zeeverkennersbroeken.

'Dit is Mark,' Nadine wees naar de langste van de twee, wiens pet op lichtblond, vikingachtig haar rustte, 'en dit is... hoe heet je?'

'Jaap,' zei de andere jongen krachtig, ironisch zijn pet afnemend, waardoor zijn agressief rechtop staande haar in zicht kwam. Hij had het korte gespierde lichaam van een jonge matroos die bij het hevigste noodweer op het dek van een schip zijn evenwicht weet te bewaren enkel door zich schrap te zetten.

'Jaap,' herhaalde Nadine. Met een benijdenswaardige onverschilligheid plofte ze in het zand neer en strekte zich als een kat geeuwend uit.

Mark legde zijn pet in het zand en ging met een zekere kalmte en waardigheid naast haar liggen.

'Wat was dat een vervelende ochtend.' De verzuchting kwam tegelijk met de geeuw diep uit Nadine's keel. Ze hief een voet op en bewoog haar tenen op en neer.

'Waarom?' Mark had het witte koord met platte knopen dat om haar hals hing in zijn hand genomen en liet het tussen zijn vingers door glijden.

'We hebben de hele ochtend indianentooien zitten naaien.'

'Wat moeten jullie met indianentooien?'

'We worden vannacht tot indiaan gewijd,' zei ik.

'Wat een onzin!' riep Jaap uit. 'Padvinders die indiaantje spelen en dat aan zee.'

'Wat heeft de zee er nou mee te maken,' zei Nadine wrevelig.

'Ik weet wel leukere dingen te doen aan zee.' Jaap haalde zijn neus op en keek schuin naar Mark om bijval.

'Wat doen jullie dan?' vroeg ik.

'We hebben een ouwe botter,' zei Mark peinzend, 'met kaarten en instrumenten aan boord waarmee we navigatie leren.'

'Gisterennacht,' vulde Jaap aan, 'hebben we vanwege de heldere hemel een astronomisch bestek gemaakt.'

'Wat?' Nadine keek hem wantrouwend aan.

Met de vermoeidheid van een kapitein die hetzelfde al duizend maal heeft moeten uitleggen aan zijn traag denkende matrozen verklaarde Mark: 'Bepalen waar het schip zich bevindt door naar de stand van de hemellichamen te kijken.'

'Goh.' Nadine keek ongelovig en ook een beetje geërgerd. Mark liet het koord los en wikkelde een van haar krullen om zijn vinger.

'In ieder geval ben ik blij dat ik vanmiddag vrij ben,' zei Nadine alsof ze op de een of andere manier gelijk wilde hebben. Met felle vingers groef haar hand een kuiltje in het zand.

Iedereen zweeg. Er was geen zuchtje wind, geen briesje waarop een zeilboot uit zou kunnen varen. Zo viel er natuurlijk niets te navigeren. Landerig sjouwde Jaap naar de zee. Ik stond besluiteloos bij Mark en Nadine. Het leek of het zand ook hitte afstraalde. Ik kreeg een beklemmend gevoel alsof we met elkaar in een bootje op de oceaan roerloos in een windstilte ronddobberden. Kon ik maar in mijn eentje doorlopen, bij elke voetstap het kamp en een ieder, die er mee te maken had, verder achter me latend.

Te bedenken dat deze jongens echt de zee op gingen en dat hun de kneepjes van het varen werden bijgebracht, terwijl wij daar in de bossen bezig werden gehouden met huisvlijt, opgediend met een sausje indianenromantiek.

In de verte wenkte Jaap. Ik liep naar hem toe, om iets te doen te hebben.

'Een coaster,' zei hij opgewonden, 'moet je zien hoe dicht hij de kust nadert.'

Nauwelijks zichtbaar schoof, traag en discreet, een schip voorbij.

'Ik ga bij de marine,' zei Jaap, 'later.' Hij draaide zich om en keek wat voor indruk dit op me maakte. De marine, wat moest ik daar tegenover stellen?

'Leuk,' zei ik.

'Ik heb een oom in de wilde vaart. Die is overal geweest.'

Hij had spleten tussen zijn tanden, vijandige, roofdierachtige spleten. Terwijl we langs de zee slenterden gaf Jaap een opsomming van de landen waar zijn oom allemaal geweest was. Er waren namen bij waarvan ik nog nooit had gehoord en vermoedde, dat hij ze ter plekke verzon. Ieder willekeurig woord werd aardrijkskundig als je er maar -ië of -ia achter voegde.

Ineens bleef hij staan. 'Kijk eens wat een joekel.'

Er lag een geweldige kwal voor zijn voeten, alsof hij een twaalfpersoons gelatinepudding van een schaal op de grond had laten glijden. De zon werd door het glanzende oppervlak weerkaatst. In het binnenste flonkerden geheimzinnige rose en blauw-paarse organen.

Jaap trok zijn zakmes tevoorschijn en hurkte. Beheerst trok hij het lemmet dwars door de trillende massa heen. Daarna nog eens overdwars en diagonaalsgewijs, het weekdier in gelijke taartpunten verdelend.

'Wat doe je nou,' riep ik, 'misschien leeft hij nog.'

'Die is zo dood als een pier,' zei Jaap, 'alleen dode kwallen blijven op het stand achter. Trouwens,' zijn stem daalde en hij keek mij over de drillerige schijven met half dichtgeknepen ogen aan, 'al leefde hij, dan zou het nog niet tegen de natuur indruisen om hem open te snijden. Er zijn heel wat roofdieren die hun prooi levend verscheuren. Heb je wel eens gezien hoe tijgers een antilope uiteen rukken? Of een boa constrictor die een heel varken opslokt? Zelfs een kat die een muis vangt doodt hem niet meteen, maar geeft hem steeds een tik met zijn klauw of een kleine beet en laat hem dan weer los om de bloedende muis het idee te geven dat hij toch nog kan ontkomen.'

Geamuseerd lachte hij. Een wanhopige muis probeerde

tevergeefs tussen de spleten van zijn tanden door te ontkomen.

'Hier,' met een snelle beweging prikte hij een partje van de kwal aan de punt van zijn mes en hield het onder mijn neus, 'wil je een stukje?'

Vanuit mijn middenrif kwam een golf van misselijkheid naar boven. Vol walging duwde ik bruusk de arm met het mes van me af, waardoor het stukje kwal losschoot en in zijn gezicht glibberde. Brullend van afkeer schoot hij overeind. Ik rende weg, het zonlicht flitste verblindend in mijn ogen.

'Kom hier,' hoorde ik achter me, 'dat zal ik je betaald zetten.'

Het zand brandde aan mijn voeten. Met schrik zag ik dat er niemand was om naar toe te vluchten. Nadine was verdwenen. De enige materieel aanwezige op het strand was de bunker. Daar liep ik zonder omzien heen. Aan de schaduwzijde leunde ik hijgend tegen het beton. Het bonkte in mijn hoofd. Een hoog, steil duin, afgezet met prikkeldraad waar dotten vogelveren in hingen, verhief zich massief en ondoordringbaar voor mijn ogen. De hitte hing in trillingen boven het zand.

'Zo,' zei de stem van Jaap, 'jij bent me d'r een zeg.' Grijnzend verscheen zijn hoofd om de hoek, alle tanden los van elkaar blikkerend in de zon. 'Godverdomme wat is het warm.' Met een mannelijke zwaai zette hij zijn pet op. 'Ik had niet gedacht dat het zo warm zou zijn.' Hij kwam naast me staan met zijn rug tegen de bunker.

'Kijk,' hij opende zijn hand, er lag een geel, plastic flesje in, 'lees eens wat er op staat.'

'Ascorbinezuur,' las ik.

'Zwaar vergif,' zei hij dreigend, 'als dit in zee open was gegaan waren alle vissen in de omtrek dood geweest.' Met een boog gooide hij het over het prikkeldraad heen.

Koortsachtig vroeg ik me af hoe ik deze onheilsprofeet, die me overal zou volgen, kwijt moest raken. En waar zat Nadine?

'Ik wil je iets bijzonders laten zien.' Zijn ogen peilden me vanuit de schaduw van zijn pet.

'Wat dan?' vroeg ik flauwtjes.

'Het zit in mijn broekzak, je mag het er zelf uithalen.'

Ik keek steels opzij. Zijn schonkige lichaam kwam me onoverwinnelijk voor. In zijn hals klopte een dikke ader. Als de dood opnieuw zijn ergernis te wekken vroeg ik: 'Welke broekzak?'

Zwijgend klopte hij op de rechter, aan mijn kant. Voorzichtig liet ik mijn hand naar binnen glijden. Jaap stond doodstil en staarde naar de duinen alsof het hem niet aan ging. Mijn vingers tastten blind rond in de stugge stof en schoten ineens dwars door de zak heen.

Mijn hand werd gevuld door iets warms en zachts, dat een heel eigen leven scheen te leiden, los van de padvinderij, los van Jaaps toekomstdromen, los van zijn macabere fantasieën. Alsof ik me brandde trok ik mijn hand terug. Jaap keek me vreemd wazig en een beetje dom aan. Ik maakte me los uit de schaduw van de bunker en holde weer door het hete mulle zand. Een vliegtuig scheerde laag over het land, met veel geraas van motoren. Ergens in de vloedlijn bleef ik met mijn voet in een lus van fel oranje touw haken en smakte voorover. Ik krabbelde overeind en keek over mijn schouder. Hij volgde me niet. Eenzaam als een schipbreukeling zat hij op het zinkende schip, de bunker. Er vloog een meeuw over hem heen, verongelijkt krijsend.

Waar Nadine in het zand had gelegen stonden mijn schoenen nog met de sokken erin gepropt. Nadine was spoorloos, alleen het kuiltje dat haar vingers gegraven hadden was nog intact.

Terwijl ik het drukke strand passeerde, waar kinderen joelend in de golven doken, kreeg ik zin om ook de zee in te gaan. Op het stille, verlaten gedeelte dat volgde, liet ik mijn uniform op de grond glijden. Voor ons vertrek had ik mijn badpak, dat ik tijdens de vakantie nog niet één keer had mogen dragen, er onder aangetrokken.

Bijna struikelend over mijn eigen voeten rende ik de branding in en stortte me in een aanrollende golf. Het water bruiste over me heen. Ik liet me een eindje meevoeren en zocht dan weer een nieuwe golf op, die zich aanzwellend tot een muur boven de andere verhief. Niet ik ging op en neer, maar het strand met op de achtergrond de duinen. Wat had ik met het land te maken, met de idioten die er rondliepen, met het hele laag-bij-de-grondse mensengedoe.

Af en toe rustte ik even en keek met mijn hand boven mijn ogen tegen de zon in. Het was net of de donkerblauwe streep die je aan de horizon zag een langgerekt land was. Als er eens een paradijselijk eiland bestond, midden in de zee, waar iedereen die niet meer mee wilde doen naar toe zou kunnen zwemmen.

Rondwentelend liet ik me door het zeewater grondig schoonspoelen. Toen keerden van het ene op het andere moment de rollen zich om: het water werd koud en afwijzend, het strand warm en uitnodigend. Bibberend liet ik me terugvoeren en aan land brengen. Ik raapte mijn uniform op en liep door het weldadig warme zand naar de duinen.

'Wakker worden, wakker worden!' Uit mijn diepste slaap gehaald, onpasselijk, opende ik mijn ogen. Een lichtbundel uit een forse zaklantaarn schoot als een zoeklicht door de tent. Het was oehoe Maritha die ons wekte. Ik had haar nog nooit zo daadkrachtig gezien.

'Het feest gaat beginnen,' zei ze, 'neem je tooi, je totempaal en je kralenketting mee.'

Slaperig dromden we achter haar aan de tent uit, blootsvoets, in flodderige pyjama's en nachtponnen. De meisjes van de andere tent voegden zich onordelijk bij ons. Bijgelicht door de maan volgden we een kronkelig pad vol boomwortels.

'Heb jij het ook zo koud?' fluisterde Hella naast me.

'Een beetje,' zei ik. Het was net of iemand anders dan ik deze tocht maakte.

Tussen de hoog oprijzende stammen van de bomen door zag ik een lichtschijnsel.

Het pad werd breder om plaats te maken voor een open ruimte. In het midden brandde een groot vuur waarvan de vlammen begerig uithaalden naar de sterren. Op een boomstronk zat guido Ravenhorst somber in het vuur te staren. Haar plakkerige haar ging schuil onder een kolossale indianentooi waar met artistieke letters Blauwe Slang op geschilderd was. Een van klei gemaakte ketting, zoals we er allemaal een hadden, volgde de welvingen van haar borsten, die half uit de diep uitgesneden, misschien wel speciaal voor deze gelegenheid aangetrokken nachtpon puilden. Een ogenblik verloor ik mezelf in de donkere gleuf in het midden, toen trok de tamtam, die ze als een wasbord tussen haar benen geklemd hield, mijn aandacht.

Oehoe Maritha verdeelde ons rond het vuur en ging daarna recht tegenover guido zitten op een iets kleinere stronk.

'Nu doen we allemaal onze ketting om,' ze boog haar hoofd en liet het kralensnoer om haar hals glijden, 'en zetten de tooi op.'

Gedwee volgde iedereen haar voorbeeld.

'En nu gaat guido Ravenhorst ons vertellen waarom we hier bijeen zijn.'

Iedereen hield de adem in. Achttien gezichten waren bleek van de slaap en het middernachtelijk gebeuren naar guido opgeheven. Een rare, misplaatste vogelkreet klonk schril door het bos, gevolgd door wild geklapwiek van vlerken. Ik keek in het vuur. Waar het blauw was suisde het. Guido gaf met haar dikke vingers een roffel op de trom en schraapte haar keel.

'Meisjes,' haar stem klonk zwaar en gedragen, 'we hebben gewacht tot het volle maan zou zijn om ons verbond met een bloedoffer te kunnen vieren.' Ze zweeg even. Ik prikte mijn totempaal voor me in de grond.

'Wij indianen,' hervatte ze, 'staan niet buiten de natuur, zoals de bleekgezichten, maar maken er deel van uit en zijn haar dankbaar voor haar gaven. Vooral eren wij de Grote Moeder,' haar handen gaven een driftige roffel weg, waarbij haar borsten trilden en ik niet kon laten weer naar de donkere spelonk in het midden te kijken, 'die ons respecteert zolang wij haar respecteren. Daarom zullen wij haar vandaag onze totempaal offeren en haar mild stemmen door met elkaar uit de vredesbokaal te drinken ter bezegeling van onze trouw jegens elkander tot in de dood.'

De hand met de ring gaf oehoe Maritha een teken. Maritha stond op – haar gezicht was bleek – om te zeggen dat we nu een rondedans deden.

'Jaagt gij mee, gij broeders,' zong guido.

'Ja, wij jagen mee,' antwoordden wij in koor, onbeholpen rondhuppelend.

'Jaagt gij mee, gij zusters,' riep guido nu onder escorte van een roffel in marstempo.

'Ja, wij jagen mee,' zongen we weer. Toemba, toemba, toemba, toemba, toemba, dansten we in opbollende nachtponnen. De vlammen laaiden wild heen en weer door de luchtverplaatsingen die onze rondedans veroorzaakte.

Guido joeg ons met haar in hevigheid toenemende roffel op tot een steeds sneller en meeslepender ritme, alsof ze ons echt wilde aanvuren tot de strijd. Ik dacht aan primitieve stammen die dit uren, zelfs dagen schenen vol te houden om zich zonder voorbehoud in de jacht te kunnen storten.

Door onze moeheid willoos overgeleverd aan de meedogenloze cadans gingen we door tot we van uitputting bijna door onze knieën knikten. Toen gebood guido ons te gaan zitten. Ze schoof de trom opzij en verrees; haar nachtpon reikte als het gewaad van een priesteres bijna tot aan haar dikke blote voeten. Statig boog ze zich naar het vuur toe. Een rode weerschijn zette haar gezicht in een warme gloed.

'Blauwe Slang offert u haar totempaal, o Grote Moeder,' zei guido Ravenhorst en wierp haar houtsnijwerk, dat zij in stilte gemaakt moest hebben, in het vuur. Het vatte onmiddellijk vlam. Daarna deed ze een stap terug en gebood ons een voor een hetzelfde te doen.

Een meisje in een te kleine pyjama waar haar enkels en polsen dun uitstaken deed een stapje naar voren en prevelde iets met smalle lippen.

'Harder!' riep guido Ravenhorst.

'Pijlkind offert u haar totempaal, o Grote Moeder,' zei het meisje met trillende stem, angstig haar totempaaltje in het vuur gooiend.

Daarna volgden de anderen. Snelvoet, Hiawatha, Arendsoog, Winnetou, alle beroemde namen passeerden de revue. Gretig verzwolg het vuur de offerandes, de Grote Moeder kon tevreden zijn. Nadine had zichzelf in alle ijdelheid Goudhaar gedoopt. Niet zonder welbehagen wierp ze haar totem van zich af. Vlak voor het avondeten was ze thuis gekomen, met verwarde krullen en een afwezige blik in haar ogen. Ik scheen niet meer te bestaan.

'Zwarte Bison offert u haar totem, o Grote Moeder.' Schielijk bracht ik mijn offer.

Toen iedereen geweest was roffelde guido weer op de trom. 'Nu is het grote moment aangebroken,' kondigde ze aan, 'Oehoe Maritha, waar zijn de blinddoeken?'

Zwijgend zette Maritha een met rode lappen gevulde mand voor haar neer.

'Ga je gang.' Guido's hand gaf wuivend het startsein.

Maritha trok een lap uit de mand en blinddoekte hiermee nauwkeurig het schriele meisje naast guido. Iedereen keek afwachtend toe. Met haar mandje verplaatste oehoe zich van de een naar de ander. Toen Nadine, fier rechtop zittend, geblinddoekt werd moest ik aan het beeld van vrouwe Justitia denken dat bij ons in de stad voor het gerechtsgebouw stond.

Wat zou guido met een bloedoffer bedoelen, vroeg ik me af. Het rood van al die doeken over de witte gezichten gaf me een onbehaaglijk gevoel. Dit is een zomerkamp voor padvindsters, suste ik mezelf, waar allemaal leuke spelletjes worden verzonnen om ons te vermaken. Mijn moeder zou me toch nooit naar een kamp sturen waar ze enge dingen met je doen?

Maar de angstaanjagende verhalen die door mijn hoofd schoten waren sterker, verhalen waarvan ik niet meer wist of ze me uit de aardrijkskundeles waren bijgebleven of uit de boeken van Karl May. In ieder geval hadden ze een ding gemeen: het brengen van mensenoffers aan de goden. De Azteken, de Maya's, de Inka's maakten hun eigen kinderen af om het bloed aan de onlesbaar dorstige goden te schenken wanneer deze weigerden het te laten regenen, of te laten ophouden met regenen, of de oorlog te lang lieten voortduren.

Ik keek naar guido Ravenhorst om in te schatten hoe bloeddorstig zij zou zijn, met haar volle lippen en haar gulzige lichaam. De aanblik was verre van geruststellend. Ik verplaatste mijn aandacht naar Maritha, die mij nu dicht genaderd was.

Eenmaal geblinddoekt hoorde ik veel beter. Geritsel in de struiken, plotselinge vogelgeluiden, het neerploffen van takjes in het vuur, het au-geroep van sommige meisjes, de kalmerende stem van Maritha en guido Ravenhorsts stem die 'Flink zijn, anders haal je nooit je insigne' bromde.

Toen uiteindelijk mijn hand gegrepen werd, zogen, op mijn ogen na, al mijn zintuigen guido's dreigende aanwezigheid in zich op. 'Tanden op elkaar,' zei ze. Ik kreeg een korte felle prik als met de punt van een kroontjespen in de top van mijn middelvinger en beet op mijn onderlip. 'Dat was 't,' zei Maritha. Daarna werd er hard in mijn vinger geknepen om het bloed te laten stromen. Ik had geen idee hoeveel er uit kwam, in mijn gedachten vulde zij er een hele kom mee. Mamma, mamma, dacht ik, jij komt nu misschien wel thuis van een opwindende avond in een theater. Je moest eens weten wat ze in de tussentijd met je kind doen.

Nu Maritha zich hierbij liet betrekken was er niemand in het kamp meer te vertrouwen.

'Wij drinken om beurten uit de vredesbokaal,' riep guido.

Wat zat er allemaal in het bloed van een ander? Bacteriën, virussen, ziekelijke eigenschappen. Was guido's bloed er ook bij? Ik kon niets afstotelijkers bedenken dan guido's bloed te moeten drinken.

Denk aan iets anders, zei ik tegen mezelf. Denk aan hoe het vanmiddag was in zee, aan het kortstondige gevoel van vrijheid. Al drink ik hun bloed, toch blijf ik vrij. Het komt gewoon in mijn spijsvertering terecht en wordt daar afgebroken als bedorven vruchtesap. Ik heb wel eens appelsap gedronken met draden en wolken schimmel erin.

Er klonken kreten van afschuw. 'Ssst,' maande guido, 'de vredesbokaal moet in alle rust leeggedronken worden.'

Een harde emaille rand werd tussen mijn lippen geduwd. Mijn kin werd opgetild. Een weemakende zoetzoute vloeistof gleed mijn mond binnen. Ik onderdrukte de neiging alles weer uit te braken en slikte het vocht als levertraan weg. Mijn kin werd losgelaten, de volgende mocht.

Het was of ik de vloeistof, paniek en verderf zaaiend, naar beneden voelde glijden tot in mijn maag, waar ze vijandig werd ontvangen. Ik hoopte vurig dat mijn lichaam zich te weer zou stellen tegen de vreemde indringers.

'De plechtigheid is ten einde,' hoorde ik guido roepen, 'jullie mogen je blinddoeken afdoen.'

Met een ruk trok ik de doek van mijn hoofd. Een beetje ontheemd en uit hun evenwicht gebracht keken de zusters tot in de dood elkaar aan.

'En nu naar bed,' riep guido. Met een schepje wierp ze aarde op het vuur. Het was of zij alle sporen wilde uitwissen.

De maan hield zich schuil achter de wolken toen we terug slaapwandelden. Oehoe Maritha bescheen met haar zaklantaarn het pad en de boomstammen die het als zwijgzame, neutrale wachters flankeerden. Ik had nog maar één verlangen: in het hol van mijn slaapzak te kunnen kruipen.

Naast me liep een meisje uit de andere tent.

'Het was geen echt bloed hoor,' fluisterde ze.

'Wat dan?' vroeg ik bijna snibbig.

'Gewoon ranja met zout,' giechelde ze.

'Hoe weet je dat?'

'Ik heb zelf gezien dat guido het klaarmaakte.'

'Wanneer?'

'Vanavond, toen ik moest plassen.'

Met een kroes warme chocolademelk in de hand wachtten we op de schemering. De damp die in mijn gezicht sloeg deed me denken aan vroeger als mijn moeder midden in de nacht hete anijsmelk voor me maakte om er de laatste vonken van een nog nasmeulende nachtmerrie mee te doven. Hoe ze in haar versleten peignoir aan het grote kolenfornuis stond, roerend in het melkpannetje, en mij geruststellend toesprak: 'Het was maar een droom, Lise, die dingen gebeuren niet echt.'

De hele dag had ik me raar licht in mijn hoofd gevoeld. Iedere handeling viel me zwaar, de zon deed pijn aan mijn ogen. Het was of ik van de anderen was afgesneden. Daarbij ontnam een aanhoudend gevoel van misselijkheid mij m'n eetlust.

Terwijl de toppen van de dennen zwart en grillig afstaken tegen de roodgekleurde hemel, lichtte guido ons uitvoerig in over het allereerste padvinderskamp in 1907 aan de Engelse zuidkust, onder leiding van lord Baden-Powell, de vader van de padvinderij. Hij wist jongens uit de deftigste Londense families en jongens uit achterbuurten, bijeengebracht in één kamp, enthousiast te maken voor het spel van het verkennen en de bijbehorende technieken zoals spoorvolgen, terrein in kaart brengen en observeren.

'Voor het spel van deze avond,' zei guido, 'zullen we alle vaardigheden, die we tot nu toe hebben opgedaan, hard nodig hebben. En omdat we ons niet alleen als padvindster, maar vooral als indiaanse in het spel begeven, moeten we ook nog de daarbij behorende slimheid tonen. Want er zijn geen betere spoorzoekers dan de indianen: een gebroken twijgje, een gekneusd blad, een ongewoon geluid, is hun voldoende. Ik zal jullie de regels van de vossenjacht, die we voor deze avond tot bisonjacht hebben omgedoopt, vertellen. Er worden drie bisons gekozen. Dat betekent dat er vijftien meisjes overblijven om te jagen. Zij moeten de bisons binnen een bepaalde tijd vangen. Slagen zij er niet in alle bisons te vangen voor het door mij gegeven eindsein, drie maal blazen op de fluit, dan hebben ze verloren. Ons jachtgebied ligt in de duinen. Aan de ene kant wordt het op natuurlijke wijze afgebakend door de zee, aan de andere kant door het bos. Aan weerszijden hebben wij als grens gekozen het moerasgebied aan de noordzijde en de denkbeeldige lijn ter hoogte van de Zeven Weduwen aan de zuidkant.'

'Wie zijn de Zeven Weduwen,' onderbrak een meisje haar.

'Dat zijn die oude, kromme dennen waar we jullie wel eens op gewezen hebben. Ze staan boven op een duintop. De bisons trekken dit aan,' guido hield een zwarte broek, trui en bivakmuts omhoog, 'om niet te veel in het oog te lopen. Dan zal ik nu de bisons kiezen.'

Er sloeg een golf van angst door me heen. Als ik nu eens achterwaarts tussen de struiken verdween?

'Het lijkt me niks leuk om bison te zijn,' fluisterde Hella, 'ik ben veel liever bij de jagers.'

'Ja,' zei ik.

'Daar hebben we onze eerste bison,' guido Ravenhorsts wijsvinger was als een speerpunt op mij gericht. 'Zwarte Bison, dat kan niet missen. Hier is je vacht.' Ze drukte met het camouflagekostuum in de handen.

Opgezweept door onze tophit 'Jaagt gij mee' begaven we ons in een stevig tempo naar de duinen. De duisternis was gevallen. In het bos was het aardedonker, maar in de duinen was het dank zij de maan licht genoeg om het terrein te kunnen onderscheiden.

Nog een keer verzamelden we ons rond guido Ravenhorst, die ons met een weidse armzwaai de grenzen van het territorium wees. 'Denk erom meisjes: peddel je kano zelf, en Weest Paraat!'

'Weest Paraat!' zeiden we in koor, aan onze mutsen tikkend.

'En nu,' zei guido, 'krijgen de bisons een voorsprong van tien minuten.'

In het wilde weg sprintte ik de duinen in. De bivakmuts kriebelde aan mijn wangen.

De bodem was oneffen. Nu eens liep ik dwars door struikerige heide heen, dan weer over zacht, glad mos dat meeveerde onder mijn voeten. Ik voelde me de hoofdpersoon in een film waarvan het geluid weggevallen is: er was een gewatteerde stilte om me heen, alleen mijn bewegingen gingen dwaas voort, zonder enige zin.

De duinen werden grilliger, met steile hellingen en geprononceerde toppen. Door de wind in hun groei gestuite, bezemachtige vlieren en duindoorns belemmerden me de doorgang. Buiten adem kroop ik onder een groepje dicht opeen staande, in elkaar verstrengelde vlieren en hijgde uit. Met mijn vingers maakte ik een kijkgat naar de duinen.

Mijn opdracht was niet gevonden te worden. Nu, daar zou ik me aan houden. Mij zouden ze niet te pakken krijgen. In mijn zwarte pak bestond ik als het ware niet. Ik was een negatief persoon geworden, het tegenovergestelde van iemand die er wel is. Mijn rol in het kamp had zijn uiteindelijke vorm gekregen. Door mijn mond ademend om niet het minste geluid te maken loerde ik vanuit mijn hol naar buiten. Het maanlicht werd weerspiegeld in het roerloze helmgras. Boven op een duin zag ik het silhouet van een konijn, dat met kleine rukjes gras en heidetwijgjes at, tussendoor nerveus om zich heen spiedend alsof er ieder moment een mededinger zou kunnen opdraven.

Ik ging liggen met mijn handen onder mijn hoofd en sloot mijn ogen. Nu was het alleen nog afwachten tot er driemaal op het fluitje geblazen werd.

Gemompel haalde me uit mijn sluimer. Ik schoot overeind en zag een kordon met stokken gewapende meisjes naderen, als jagers met geweren. Zo klein mogelijk, een embryonaal opgerold balletje, trok ik me terug onder de laagste takken. Mijn slapen klopten.

'Maar hier zijn zoveel struiken,' werd er geklaagd.

'Gewoon met je stok erin prikken tot we ze allemaal gehad hebben,' zei een ander resoluut.

De vlieren werden omsingeld. Het kraakte en ritselde om me heen alsof de struiken gekapt werden. Bevend wachtte ik af totdat een venijnige prik in mijn rug het startsein gaf aan mijn samengebundelde spieren. Als een in het nauw gebrachte vos brak ik dwars door de takken heen en holde een willekeurige kant op, een hevig tumult achter me latend.

'Grijp haar!' hoorde ik achter me als een echo door de duinen, 'grijp haar!'

Mijn benen bewogen machinaal, zonder van ophouden te weten. Bramenstruiken haalden mijn huid open. De aarde bonkte en resoneerde onder mijn voeten. Mijn hele bestaansrecht was uitsluitend nog mezelf te verplaatsen.

In mijn vlucht werd ik mijn moeder, in de oorlog, betrapt met tassen vol aardappels.

Bij elk gesprek over honger en schaarste had ze die gebeurtenis breed uitgemeten, haar steeds opnieuw oppoetsend als antiek koper. Bij het zien van mijn opengesperde ogen liet ze er geruststellend op volgen: 'Maar zulke dingen zullen nooit meer gebeuren.'

Op een fiets met houten banden was zij vanuit het gebied dat later de randstad zou gaan heten op strooptocht gegaan in Overijssel om bij de boeren sieraden te ruilen voor aardappels. Op de terugweg, met volgeladen fietstassen optornend tegen het talud van de IJsselbrug, zag zij in de verte een controlepost van de Duitsers. Het was misschien verstandiger geweest rechtsomkeert te maken, maar in paniek wierp zij haar fiets in de berm, rukte de loodzware fietstassen eraf en rende het talud af, de uiterwaarden in. Achter haar bliezen de soldaten op hun snerpende fluiten en riepen: 'Halt, halt!'

De tassen waren zo zwaar dat zij ze moest achterlaten op het soppige grasland. Zelf rende ze door, het laatste restje kracht in haar ondervoede lichaam aansprekend.

Hoe zou het afgelopen zijn, fantaseerde ik, als ze mijn moeder te pakken hadden gekregen? Zou ik dan ooit geboren zijn?

Steeds dieper zakte ik weg in de drassige bodem. Bij iedere stap kostte het inspanning om mijn voet er weer uit te trekken. Hoog riet ontnam me het uitzicht. Teruggaan durfde ik niet. Achter me hoorde en voelde ik ze naderen: vibraties van opwinding door de lucht, gestamp van voeten op de aarde. Voor me bevond zich een val die minstens zo dreigend was: het kannibalistische moeras. De toenemende zuiging aan mijn voeten bewees dat wel. In twijfel over wat erger was: langzaam naar beneden getrokken te worden in de modder of als bison gevangen, trok ik me op aan de takken van een wilgebosje en rustte in wankel evenwicht uit.

Niet ver daar vandaan schenen mijn achtervolgers behoorlijk in paniek te zijn geraakt. Het klonk als het gesnater van vogels wanneer er hoog boven de broedkolonie in stille afwachting een arend zweeft. Langzaam stierf het geluid weg. Of de jagers waren met z'n allen verzwolgen, of ze hadden de achtervolging gestaakt.

Ik ontspande. De fluwelige blaadjes van de waterwilg streken sussend langs mijn wang. Ik bewoog mijn tenen heen en weer in mijn vettig soppende gymschoenen. Juist bedacht ik dat het allemaal onzin was wat mijn tante op de Veluwe altijd vertelde over moerasgeesten en dwaallichten, toen er van heel dichtbij, onder me vandaan, vanuit de zompige rietpollen, een nooit eerder gehoorde, holle vogelroep klonk die zich laag tussen het riet door voortplantte.

In een reflex viel ik uit het bosje en waadde als een bezetene terug naar waar ik vandaan gekomen was.

Gedesoriënteerd sjouwde ik door de duinen. Mijn voeten waren afgekoeld in de natte schoenen en bij iedere stap schuurde de stof van de geleende broek langs de schrammen op mijn benen.

Van mij mocht de voorstelling nu afgelopen zijn. Er was geen spoor van de anderen te ontdekken. Misschien was ik wel in een heel ander gebied terecht gekomen.

Boven de duinen uit zag ik een glimp van de zee. Intuïtief uitkomst van haar verwachtend zette ik koers in die richting. Op de laatste duinenrij bleef ik staan, in de diepte gaapte het strand. Loom bewegend en glanzend als vloeibaar metaal strekte de zee zich voor me uit. Niets getuigde van enige welwillendheid jegens mij. Wat verborg ze niet allemaal onder haar kalm deinende oppervlak: verdronken zeelieden en passagiers; eeuwenoude wrakken; tinnen borden en drinkbekers, stenen pijpen, verzegelde flessen met antieke wijn erin; gouden munten; hele Armada's en Titanic's; dorpen, steden, Atlantis.

Niet wetend wat te doen, de natuurlijke grenzen van guido als vijandig ervarend, volgde ik over de jongste duinen de kustlijn. Er waren zoveel werelden dat mijn hoofd ervan tolde. Parijs, thuis, het kamp, en dan nog de verschillende elementen die dit gebied herbergde: de bossen, het moeras, de duinen, de zee, elk met een eigen karakter. Het was me allemaal te ingewikkeld, ik was veel te moe om er over na te denken.

Verbeeldde ik het me dat de maan veel lager stond dan in het begin? Ik had het gevoel al uren te lopen, helling op, helling af. De zee had ik de rug toegekeerd. Vroeg of laat scheen ik toch altijd weer het kamp op te moeten zoeken, zoals een getemd dier zijn geopende kooi. Ik moest het alleen nog zien te vinden. Verdoofd van moeheid strompelde ik door zand, helm, heide, vallend en weer opstaand, takjes en beestjes in mijn haar en kleren, doorntjes van de duinroos in mijn handen. Ik kreeg met mezelf te doen. Met koortsige naijver zag ik mijn ouders en Babette comfortabel in hun donszachte, Parijse hotelbedden liggen en wenste bijna dat er iets ergs met me zou gebeuren, om hen te straffen.

Door dit zwelgen in rancuneuze gedachten zag ik niet dat ik een kamp naderde van in het donker oplichtende tenten. Het drong pas tot me door toen ik tegen de omheining opliep. Verbaasd keek ik over het staaldraad heen naar de schimmige tenten. Een vreemde, oneigenlijke aanwezigheid, zo'n mensenkamp in de nacht. Ik klom over het hek en manoeuvreerde tussen de scheerlijnen door. Er waren veel meer tenten dan bij ons. Op mijn tenen bewoog ik me door de eigenaardige stilte die er heerste, alsof het kamp door haar bewoners in allerijl verlaten was. Geen gesnurk of gehoest drong er door het dunne tentdoek heen.

Bij een witgeschilderde houten pomp bleef ik staan. Dit moest het centrum zijn, de tenten waren er min of meer omheen gegroepeerd. Ik ging zitten, de pomp als ruggesteun gebruikend. Dit was duidelijk het middelpunt van de wereld, hier ging ik niet meer weg. De geruststellende tekenen van menselijke bewoning om me heen bevestigden dat buiten het hek de wildernis begon.

Mijn kin zakte op mijn borst.

In de droom veranderde het vreemdzame tentenkamp dat mij zo gastvrij opnam in een nederzetting van de indianen en de houten pomp in een totempaal waaraan ik vastgebonden was, in eindeloze, kwellende onzekerheid verkerend over het lot dat me wachtte. Uit aanzwellend tromgeroffel en dreigend gezang schrok ik klam van het zweet wakker met mijn handen op mijn oren.

De aanblik van de tenten ontnuchterde me. Ik besloot wakker te blijven tot de dageraad.

Vlak voor zonsopgang werd de voorhang van een der tenten opzij geschoven. Een man van mijn vaders leeftijd, die ik in mijn moeheid aanzag voor lord Baden-Powell zelf vanwege zijn uniform, zijn hoed en zijn korte baardje, kwam omzichtig naar buiten en verstarde toen hij mij zag. Gewoon als eerste de dag te begroeten moest hij er waarschijnlijk aan wennen dat iemand hem deze keer voor was geweest. Ik schaamde me voor mijn aanwezigheid.

Met een frons tussen zijn wenkbrauwen hurkte hij voor me neer. Voor iemand met zulke idiote kwastjes aan zijn kniekousen was ik niet bang.

'Hoe kom jij hier?' fluisterde hij.

'Ik ben verdwaald,' zei ik, mijn nachtelijke lijdensweg in één woord vangend.

'Waar kom je vandaan?'

'Uit het padvindsterskamp.'

'Waar is dat?'

Ik haalde mijn schouders op. Ik was toch verdwaald?

Hij stond op, zwengelde wat aan de pomp en hield zijn lippen slurpend in de dunne straal die er uit kwam. 'Ik geloof dat ik wel weet waar het is,' mompelde hij tussen twee slokken door.

Omslachtig hees ik mezelf aan de paal op. Mijn verstijfde spieren voelden beurs aan. Ik trok de bivakmuts van mijn hoofd en bedacht wat een rare aanblik ik geboden moest hebben toen hij uit de tent kwam. Als een dief, een insluiper.

Mijn begeleider hield even de pas in toen wij, de laatste wending van het pad achter ons latend, geheel onvoorbereid guido Ravenhorst in het oog kregen. Met een deken om haar benen gedrapeerd zat ze in het boek met de onappetijtelijke grijs-bruine kaft te lezen. De barse uitdrukking op haar gezicht zou toepasselijker zijn geweest wanneer ze stram in de houding in een rood-wit geverfd wachthuisje de ingang van een kazerne had opgeluisterd.

'Dat is onze guido,' fluisterde ik.

'Aha'. Hij rechtte zijn rug.

Toen we haar zo dicht genaderd waren dat ik op het omslag de letters kon onderscheiden die een titel in een vreemde taal vormden, kuchte hij tweemaal achter zijn hand.

Koel keek guido over haar leesbril heen. 'Zo,' zei ze, 'daar hebben we het verloren schaap.'

Hij nam zijn hoed af. 'Ze was bij ons in het kamp terecht gekomen.'

Guido glimlachte lief. 'Ik ben blij dat u haar terugbrengt, we hebben de hele nacht gezocht.'

Begrijpend knikte hij. 'Je kunt met die kinderen van

alles meemaken.' Vaderlijk legde hij zijn hand op mijn schouder en keek me taxerend aan. 'Je ziet wat bleekjes,' hij tikte me op de wang, 'ik zou nog maar een paar uurtjes gaan slapen.'

Ik knikte gehoorzaam.

Zijn hoed weer op zijn hoofd klemmend wendde hij zich tot guido Ravenhorst. 'Ik laat haar verder aan uw zorgen over. Mijn jongens kunnen ieder ogenblik wakker worden.'

Met grote stappen beende hij weg, de kwastjes tikkend tegen zijn kuiten.

Toen hij door de bomen aan het oog onttrokken was siste guido Ravenhorst: 'Je hebt de boel leuk in de war weten te sturen.' Driftig sloeg ze de deken op en kwam overeind. 'Hoe kon je zo eigenwijs zijn toch in het moeras te gaan terwijl ik heel duidelijk had gezegd dat daar de grens was?'

Ik keek neer op mijn natte gymschoenen. 'Het ging per ongeluk, guido.'

'Per ongeluk?' Met haar wijsvinger onder mijn kin dwong ze me haar aan te kijken. 'Je hebt je gewoon aan de regels te houden!'

Mijn knieën trilden van moeheid. 'Mag ik nu naar bed?' smeekte ik.

'Naar bed? Gewoon naar bed, alsof er niets gebeurd is?' Schaterend wierp guido haar hoofd in de nek. 'Zo gemakkelijk gaat dat niet. Er moeten zestig boterhammen besmeerd en belegd worden, dat lijkt me een geschikte bezigheid voor jou. Dan kun je de zaak nog eens overdenken.'

Ze duwde me voor zich uit naar de fouragetent. 'Je zult nog wel wat te horen krijgen als ze wakker worden. Iedereen was woedend omdat je vals speelde.'

Achtergelaten tussen de broden, de boter, de pindakaas, jam, worst, schotels en broodplanken, toegerust met een broodmes en een mes om te smeren, probeerde ik de handelingen die verricht moesten worden in de juiste volgorde voor ogen te krijgen. Een ononverzichtelijker en ingewikkelder taak was me nooit opgedragen.

De tent riep een nostalgisch beeld in me wakker: Maritha, in de schemering over mijn gewonde vinger heengebogen, en ik, me koesterend in haar nabijheid. Lag ze nu gewoon te slapen? Ik boog me over de pindakaaspotten heen en wierp een blik op het EHBO-trommeltje. Daarnaast werd de binnengekomen post in een apart vak bewaard. Ik verbaasde me erover dat het helemaal vol was. Ze moesten de vorige dag vergeten zijn de post uit te delen. Als vanzelfsprekend pakte ik het bundeltje enveloppen en ansichtkaarten eruit. Een voor een liet ik ze door mijn handen gaan. Ik bedacht hoe raar het eigenlijk was dat ik niet van alle meisjes de achternaam kende. Ineens hield ik de Eiffeltoren in mijn hand, gebed in een gemeen blauwe hemel. Werktuiglijk draaide ik de kaart om.

Lieve Lise, las ik, we hebben het hier reuze naar onze zin. Elke dag heeft nieuwe verrassingen voor ons in petto: kerken, musea, parken, monumenten, noem maar op. Vandaag gaan we naar Versailles, het paleis van de zonnekoning die je nog wel zult kennen uit de geschiedenisles. Jullie zwemmen zeker elke dag in zee met dit mooie weer? We hopen maar dat je nog naar huis wilt als de vakantie afgelopen is! Veel kusjes van ons alle drie: mamma, pappa en Babette.

Babette had zwierig haar handtekening er onder gezet.

Met de ansichtkaart in de hand zakte ik door mijn knieen totdat ik tussen de broodkruimels op het grondzeil zat.

Om en om keerde ik de kaart, van de geschreven tekst naar de Eiffeltoren en weer terug.

Op hoge hakken

Het fort van Korfoe werd steeds meer rots. De gladde, hoog oprijzende muren en de bastions op de hoeken werden opgenomen in het grotere geheel van een bergachtige landtong, waarvandaan ook nog het scherpe, gouden kruis van de orthodoxe kerk de lucht inpriemde.

Vanuit het binnenste van het schip klonk het landerige gebrom van de motoren. Links en rechts van Berber leunden tientallen mensen over de railing, starend naar het langzaam krimpende eiland en het schuimspoor achter de boot. Ze kon zich niet herinneren tijdens de vakantie ooit ergens alleen naar te hebben gekeken. Altijd waren er anderen die elkaar verdrongen om vanaf een op de kaart aangegeven rots het uitzicht te bewonderen, de smalle trappen in een oud klooster te beklimmen of zich in een baai te nestelen.

Moe van het staan op haar hoge witte schoenen keerde ze zich om. Richard zat in volmaakte sereniteit op een van de lange houten banken en keek naar de horizon. Berber liet de leuning los, zwikte even door haar enkel, herstelde zich en liep zo onverschillig mogelijk naar hem toe.

'Wat is het warm.' Ze ging naast hem zitten.

'Heerlijk,' zei hij.

De bank was hard. Hopelijk kreukte haar rok niet. Er was geen steun voor de rug. Als op een strenge kloosterbank was ze gedwongen rechtop te zitten, zoals Richard, met kaarsrechte rug. Ze had de neiging krom te zitten; haar wervelkolom was net een krachteloze stengel. Ze leunde zijdelings tegen Richard aan en keek naar hem op. In gedachten volgde ze de lijn langs zijn voorhoofd, neus, mond, kin. Ze zou de korte krullen in zijn nek willen aanraken maar durfde niet. Hij straalde de afweer uit van iemand die zich volkomen heeft overgegeven aan de zon.

Voorzichtig legde ze haar hand op zijn borst en vroeg: 'Wat is het eigenlijk voor eiland, Paxos?'

Even bleef het stil. 'Dat zien we wel,' zei Richard.

Ze popelde om het ergens over te hebben.

'Is het groot?' vroeg ze.

'Groot, groot, wat heet groot,' zei hij, 'een vissersplaatsje en wat heuvels met olijfbomen voor zover ik weet.'

'Denk je niet dat we er gauw uitgekeken zullen zijn?'

Hij wierp een geërgerde blik op haar. 'Wat wil je nou. Het schijnt een mooi eiland te zijn, onaangetast, weinig toerisme. We zien wel.'

Ze haalde haar hand van zijn borst. Op zichzelf teruggeworpen volgde ze zijn blik om in ieder geval datgene wat hij zag met hem te delen.

Zonder angst in de Ionische Zee te vallen zat een Griekse vrouw in ontspannen evenwicht op de railing, haar ene been gestrekt, het andere opgetrokken. Onder het in een wrong losjes opgestoken haar begon haar lange, licht gebogen hals. Nieuwsgierig keek ze naar het water alsof ze zich afvroeg wat zich onder het oppervlak verborg. Haar blote armen en benen waren egaal bruin. Berber keek eens naar haar eigen huid die, herstellende van zonnebrand, lichte vlekken vertoonde. Tegen het decor van een turkooizen zee die aan de horizon wazig overging in de hemel kreeg de vrouw een mythische dimensie. Berber herinnerde zich een beeldje dat ze ergens in een museum gezien moest hebben. Het stelde Pandora voor, die haar nieuwsgierigheid naar de inhoud van een bij haar in bewaring gegeven doos niet kon bedwingen en op het punt stond hem te openen, waarna alle menselijke kwaad en ellende naar buiten zouden komen in de gedaante van afschuwelijke, mottige wezentjes met bruine vleugels.

Berber kon het onheilspellende gevoel maar niet van zich afzetten dat deze vrouw maar een fractie van een seconde naar Richard zou hoeven kijken om alle denkbare ongeluk over haar af te roepen. Rusteloos zon ze op middelen om zijn aandacht af te leiden. Een gesprek was niet mogelijk, alles wat ze op dit moment zei wekte zijn irritatie. Gewoonweg naast de Griekse gaan zitten dwong hem tot een vergelijking die zeker in haar nadeel uit zou vallen. Weglopen was het enige wat overbleef, in de hoop dat ze juist in haar afwezigheid weer een zekere aantrekkelijkheid zou krijgen.

Ze stond op en slenterde weg tussen de banken door. Ondanks de vaart die de boot had was het warm. Het heetste tijdstip van de dag, waarvoor alle Grieken in de schaduw van hun loggia's, in hun hangmatten en slaapkamers vluchtten, naderde. De overdaad aan licht brandde zich in haar netvlies. Ze had haar zonnebril in het hotel laten liggen. Ergens zat een priester met een wasbleek gezicht alsof hij zelden zijn kloostercel verliet een boek te lezen. Hij maakte zich zo smal mogelijk, vouwde zich bijna dubbel, om plaats te maken voor de vrouwen die aan weerszijden van hem zaten met uitpuilende boodschappentassen tussen hun benen en op kibbeltoon een gesprek voerden.

Berber speurde het dek af naar schaduw. Er was een hoekje bij de railing waar een streep schaduw van de mast overheen viel. Ze trok haar witte jurk glad en ging voorzichtig zitten, leunend tegen het hekwerk.

Aan het toenemend aantal mensen dat reikhalzend over de leuning hing merkte Berber dat Paxos in zicht was gekomen. Het eiland vouwde zich open om de boot met zijn passagiers binnen te laten. Tegen een achtergrond van donkergroene heuvels werden dicht opeen staande witte huisjes vertikaal doorsneden door de kale masten van in de haven gemeerde boten.

Zouden ze op dit eiland eindelijk kunnen beleven wat zij van de vakantie verlangde: een moment van eeuwigheidswaarde, de volledige overgave aan elkaar in harmonie met dit landschap?

Op Korfoe, voortdurend omgeven door een troep tegelijk met hen gearriveerde landgenoten, hadden ze geen centimeter vrijheid. Na het gezamenlijke ontbijt gingen ze gezamenlijk zonnebaden op het privéstrand van het hotel. Van de warme lunch via de siësta en het aperitief op het terras naar het diner met dansen na. Wanneer de aard van het voedsel niet ter discussie stond werd er gespeculeerd over het weer in Nederland. Zelfs op excursies waren ze niet van elkaar verlost: voor enkele uurtjes losgelaten uit de bus liepen ze elkaar toch nog voor de voeten en moesten fatalistisch de ah's en oh's van andermans bewondering over zich heen laten komen. Niet meer in staat op eigen kracht schoonheid te ontdekken kropen ze tenslotte murw in de snikhete touringcar. Eenmaal meenden ze in een kloof een minuscuul, verlaten strandje te hebben ontdekt. Juist hadden ze hun bezwete kleren op het zand laten vallen om, als in het paradijs, te gaan zwemmen toen ze uit een rotsspleet een werphengel tevoorschijn zagen komen, gevolgd door de eigenaar. Hij was het kopstuk van het reisgezelschap, degene die de flauwste grappen maakte en om wie het hardst gelachen werd. Grijnzend drukte hij ze op het hart, dat ze zich voor hem niet hoefden te schamen en installeerde zich op een in zee stekende rots, zijn gehate kale hoofd glanzend in het zonlicht.

Een beetje duizelig stond Berber op. Paxos was hen gunstig gezind, dat voelde ze. Toen ze de lange, boven de overige passagiers uittorenende gestalte van Richard in het oog kreeg verschikte ze vlug een haarlok en zwaaide verheugd.

De passagiers, uitgezwermd in de nauwe straatjes van het dorp, losten op in het niets. Hand in hand liepen Richard en Berber over het hobbelige plaveisel. Het dorp leek uitgestorven, alsof de bewoners over zee weggevlucht waren voor de uitbarsting van een vulkaan.

'Wat een verschil met Korfoe,' zei Richard.

'Heerlijk,' zei Berber, 'die stilte.'

Ze bleef met haar hak in een kuiltje tussen de stenen steken en bukte zich om hem eruit te trekken.

'Waarom heb je je sandalen niet aangetrokken,' zei Richard, terwijl ze ongeduldig de hoge hak loswrikte, 'deze zijn toch niet om op te lopen?'

Met een rood hoofd kwam ze overeind. 'Sandalen?' zei ze niet zonder verontwaardiging, 'bij deze jurk?'

Hij haalde zijn schouders op.

'Jij hebt ook geen idee,' zei ze.

De weg werd steeds steiler. Het bloed steeg haar naar 't hoofd. Het wit van de gepleisterde huizen en het felblauw van de luiken en deuren deden haar aan kleurenfoto's van de noordpool denken. Ze zag zichzelf in de donkerte en koelte daarbinnen op een ouderwets bed liggen.

'Ach god,' zei Richard, 'kijk nou toch eens.'

Aan een touw onder een oeroude, uitwaaierende olijfboom stond een ezel met hangende kop en half geloken ogen. Hij was het slachtoffer van zijn eigen spreekwoordelijke domheid: met de wijzers van de klok mee had hij een aantal rondjes om de boomstam gemaakt, waardoor het touw zo strak gewonden was dat hij geen enkele bewegingsvrijheid meer had en ook niet bij het droge gras kon komen dat in een wijde boog rond de boom groeide. Klikklakkend met zijn tong en allerlei argumenten verzinnend om het dier over te halen tot een redelijk inzicht probeerde Richard hem in de tegenovergestelde richting te laten lopen. Maar hij bleef stokstijf staan, hardnekkig naar de grond kijkend.

Berbers ogen gingen van de stoffige, met keutels bezaaide bodem onder de boom naar Richard die aan het touw rukte met een verbeten trek om zijn mond. 'Wind je niet zo op,' giechelde ze, 'hij wil gewoon niet.'

'Help liever een handje,' zei hij buiten adem, 'in plaats van daar zo te staan.'

'Je denkt toch niet dat ik met m'n schoenen in de stront ga staan,' ze deinsde achteruit, 'trouwens, het helpt toch niet.'

'Laat maar,' zei hij. Zijn gezicht was nat. Hij liet het touw schieten en leunde uitgeput tegen de boom, ontmoedigd op de rug van de ezel neerziend. Berber verplaatste het gewicht van haar lichaam van het ene been naar het andere. Loom kwam Richard in beweging. Hij gaf de ezel een mep op zijn billen. Het dier reageerde niet. 'Volkomen gedeformeerd,' mompelde Richard. 'Murw en uitgeblust.'

Ze lieten het dorp achter zich. De weg versmalde zich tot een pad dat naar een wit kerkje voerde. De zon brandde op hun hoofd. Ze klommen met de tanden op elkaar. Berbers jurk plakte aan haar lichaam. Wanneer ze haar ogen sloot zag ze lichtflitsen. Ze dacht aan pelgrims die in nog hetere landen op bloedende knieën een berg beklommen om tenslotte hallucinerend van uitputting voor de poorten van het bedevaartsoord neer te storten.

Het kerkje was opgetrokken van uit de rots gehouwen,

wit gekalkte blokken, die ongelijk waren van grootte. De muren waren ingewikkelde puzzels. Boven de trap die naar de ingang leidde was een sierlijke boog gemetseld waar een gietijzeren klok in hing. Als een wachter keek de kerk uit over het dorp, de haven, de zee en de heuvels.

Ze beklommen de trap en duwden de deur open. Binnen heersten het halfduister en de koelte waarnaar Berber zo verlangd had. Ze liet zich op een van de banken vallen en haalde diep adem. Op het altaar stond Maria, omringd door brandende kaarsen en vers geplukte begonia's en gladiolen. Door de boogvensters scheen transcendent licht naar binnen.

Berber ontspande. De overbelichte indrukken uit de buitenwereld verdwenen uit haar bewustzijn om plaats te maken voor een gevoel van harmonie en een daaruit voortvloeiende ontvankelijkheid. Richard kwam naast haar zitten en staarde, gehoorzaam als een kleine jongen naast zijn moeder tijdens de zondagsdienst, naar het houten gewelf van het dak. Haar ogen gingen van zijn haar, zijn wimpers en de donkere stoppeltjes op zijn gezicht naar Maria, die met een sensuele glimlach neerzag op het kind dat met de weelderigheid van een cupido in haar armen lag.

'Ik heb zin om te vrijen,' fluisterde ze.

Verbaasd keek hij opzij. 'Hier?'

Berber knikte. Ze duwde haar vingers in zijn haar en kuste de stoppeltjes op zijn wang. 'En jij?' vroeg ze in zijn oor.

Hij rilde. 'Het kietelt,' zei hij, naar zijn oor grijpend.

'Nou?' vroeg ze. De kaarsen rond Maria flikkerden in haar ogen.

'In een kerk?' Hij trok een gezicht alsof ze voorstelde het midden op een marktplein te doen. 'Als iemand het merkt. Je moet die orthodoxen niet onderschatten.'

'Maar er is toch geen sterveling,' zei Berber, 'iedereen slaapt.' Ze beet in zijn oorlel.

'Au,' zei Richard en draaide zich verschrikt om naar de deur alsof ze al betrapt werden. 'Ik weet niet,' zei hij, 'ik voel me hier niet op m'n gemak.' Vluchtig keek hij naar Maria.

Berber liet hem los en rekte zich geeuwend uit. 'Wat ben je saai,' zei ze, 'ik heb het altijd al eens in een kerk willen doen.'

Ze stond op en slenterde naar het altaar. 'Ik ga een kaars ontsteken,' zei ze over haar schouder. Ze pakte er een uit een mand naast het altaar en gooide een munt in de gleuf van een metalen busje. Van een andere kaars stal ze vuur, waarna ze de hare erbij zette. Maria, zei ze in gedachten, Jezus, God, wie dan ook, hebt u soms een hekel aan mij? Achter zich hoorde ze de deur piepen. Ze keek om en zag Richard door de deuropening verdwijnen. Een stil protest, vermoedde ze, denkend aan zijn scepsis ten opzichte van alles wat kerkelijk was. Haastig wendde ze zich met een kleine smeekbede tot Maria. Na een vluchtige blik op de kaars liep ze over het middenpad terug, haar hakken tikkend op de stenen vloer.

Richard stond onder het boogje met de klok en keek uit over het eiland. Zijn kin iets opgeheven, met koele ogen de omgeving aftastend, leek hij een veldheer die het vijandelijk gebied in ogenschouw neemt om een strategie te bepalen.

'Berber,' hij wendde zijn hoofd niet af en liet haar naam klinken als een bevel, 'zie je die baai?' Hij wees.

'Je bedoelt die kleine met een eilandje ervoor?'

'Precies. Daar wil ik heen.' Met enkele treden tegelijk daalde hij de trap af. Berber, wankel op haar hoge hakken en, na de koelte in de kerk, bevangen door de plotselinge hitte, volgde zonder tegenspraak.

De weg kronkelde tussen olijfbomen door. Elke boom beschikte over een eigen terras op de helling: een karig lapje door stenen muurtjes bijeengehouden aarde. Eronder scheen een groenig, door de bladeren gezeefd licht met zonnevlekjes ertussen. De holle bomen bestonden alleen nog uit bast waar grote gaten in gevallen waren. Ze wrongen zich in de onmogelijkste bochten als door rheumatiek misvormde bejaarden, door taaie volharding op de been gehouden.

Duizenden jaren waren de bomen volgens de boekjes, die als bewijs aanvoerden dat de Phoeniciërs al olijven van deze eilanden haalden.

Richard was moeilijk bij te houden. Hij beende voor haar uit en wachtte af en toe, meewarig en met van ongeduld opgetrokken wenkbrauwen naar haar schoenen kijkend. Omzichtig stapte ze over gaten en keien heen. De schoenranden sneden in haar hielen. Haar 's morgens nog smetteloze jurk vertoonde natte plekken. Ze was bang dat haar mascara door zou lopen en verweet zichzelf dat ze geen spiegeltje bij zich had. Richards makkelijke schoenen en wijde broek, zijn ferme stappen en rechte rug, zijn zelfvertrouwen (nu begon hij ook nog te fluiten) ergerden haar. Even later bewonderde ze hem erom.

Het leek of er geen eind kwam aan het pad, of het een oeroude karavaanweg was, een handelsroute dwars door Europa. Soms opende het bos zich: verleidelijk maar ongenaakbaar lag de zee in de diepte als een onbegrijpelijk antwoord op alle levensmysteries. Moe van zichzelf daalde het pad tenslotte. Als een koorddanseres probeerde Berber voetje voor voetje met de armen wijd in balans te blijven. Het bos maakte plaats voor kale rotsen met hier en daar een borstelige struik. Onder haar ging Richard met de sprongen van een steenbok het intens blauwe water tegemoet; de gebleekte puntjes van zijn haar wipten glinsterend op in de zon. Onderaan de rotsen stond roerloos een bamboebos dat de baai een tropisch aanzien gaf. Er heerste een nadrukkelijke verlatenheid. Berber schopte haar schoenen uit en stapte in het witte zand dat als zout in haar hielen beet. Richard rekte zich uit.

'En,' vroeg hij, 'is de prinses tevreden?'

'Het is een paradijs,' zei Berber. 'Au,' ze greep naar haar voet.

'Wat is er?' vroeg Richard.

'Een blaar.'

Hij pakte haar voet en bekeek de hiel. 'Dat ziet er lelijk uit.' Verontwaardigd richtte hij zich op. 'Waarom heb je dan ook in godsnaam die...'

'Sandalen niet aangetrokken!'

Zuchtend liet hij haar voet los. Berber bleef als een ooievaar staan.

'Zout water,' zei Richard, op de zee wijzend, 'ontsmet.' Hij begon zijn kleren uit te trekken.

'Ga je er al in?' vroeg Berber onzeker.

Het laatste kledingstuk viel op het bundeltje in het zand. 'Kom op,' zei hij.

Berber vergat haar voet. Hem met broeierige ogen nastarend zoog ze zijn gestalte in zich op: een bos krullen op een bruin, pezig lichaam en lange, zich naar de zee toe reppende benen. Ze zou hem met al zijn weerstrevende eigenzinnigheid in zich op willen slokken, zodat hij nooit meer van iemand anders kon zijn dan van haar. Toen hij zich voorover stortte in het water benijdde ze de zee.

Hij kon geen minuut op haar wachten. Het interesseerde hem niets dat ze hier nog stond, aangekleed en wel, met blaren op haar hielen. Met driftige rukken trok ze de jurk over haar hoofd en hing hem tussen de bamboe. Ontevreden keek ze naar de lichte, vervelde plekken op haar buik en dijen. Tenslotte trok ze haar rode broekje uit en hing het als een vlaggetje, een sein, aan het uiteinde van een stengel. Stel je niet aan, zei ze tegen zichzelf, dit is dè plek; hele volksstammen zullen nooit in hun leven zoiets meemaken. Als je nu niet in staat bent te genieten deug je niet voor het leven. Ze rechtte haar rug en liep vastberaden naar de zee.

'Weet je zeker dat hier geen haaien zijn,' vroeg Berber, er sinds ze *Jaws* gezien had altijd op bedacht door een of ander monster de diepte in getrokken te worden.

Ze zwommen eendrachtig naast elkaar, met rustige, regelmatige slagen.

'In de ondiepe kustgebieden komen geen gevaarlijke soorten voor,' zei Richard, 'en er zijn ook geen verraderlijke stromingen zoals bij ons in Nederland.'

'Een grot!' riep Berber.

Tussen de ver in zee reikende rotsen zagen ze een donkere opening, een poort naar het intieme binnenste van het eiland. 'Laten we gaan kijken,' stelde ze opgewonden voor.

'Ben je niet bang voor draken?' Hij lachte spottend. Het in de rimpelingen van het water weerspiegelde zonlicht gleed over zijn gezicht. 'Of voor de aanwezigheid van het Onbekende?'

Berber schuierde een handvol spatten in zijn gezicht.

Ze versnelden hun slag. Richard crawlde als eerste door de opening naar binnen, waar Berber hem even later staande aantrof. Het water reikte tot zijn middel. Met open mond keek hij om zich heen. Toen ze naast hem oprees uit het water viel er een vreemd, blauw-groen licht op haar borsten. Ze opende haar mond om iets te zeggen en sloot hem weer. Hoog boven hen welfde zich een grillig plafond. De muren waren rose, met bruine adertjes erin. Op de bodem schemerden witte steentjes als pepermuntjes door het kristalheldere water.

Richard waadde naar een van de wanden en betastte de rose steen.

'Marmer,' zei hij zacht, 'met sporen ijzer erin.'

'Marmer...' herhaalde Berber, 'marmora, marmora.' Het echode door de grot. 'Hier worden de zeemeerminnen geboren.'

'En Venus,' zei Richard. Langzaam kwam hij naar haar toe, bij elke stap ontelbare rimpelingen veroorzakend.

'Mijn Venus van Milo.' Hij begon haar te strelen, behoedzaam alsof ze ook van zachtrose marmer was, en likte de druppels van haar huid.

'Maar dan een met armen,' fluisterde Berber en legde haar armen om zijn middel.

Het had iets plechtigs zoals ze daar stonden, boven hen het rose gewelf, beneden de weerspiegeling van hun lichaam in het water.

'Je bent lief,' zei Richard in haar oorschelp.

'Jij ook,' zei Berber in de haartjes op zijn borst.

Plotseling tilde hij haar op uit het water en liet haar er achterover weer in vallen. Proestend kwam ze overeind en deed een uitval naar zijn benen waardoor hij zijn evenwicht verloor. Nauwelijks bovengekomen, als een hond zijn haren droog schuddend, nam hij wraak. Beurtelings gingen ze kopje onder en grepen naar elkaars glibberige lijven. Gegil, gelach en ha-ha geroep echoden door de holle ruimte. In het midden van de grot was een zandbank waar het water tot hun kuiten kwam. Daar bleek het recht van de sterkste en dwong hij haar op haar rug. Half lachend, half afwerend liet ze zich overmeesteren om in deze bijna heilige ruimte, een schoot waarin de aarde en de zee elkaar ontmoetten, onder water de liefde te bedrijven. Langs zijn dansende krullen keek ze naar de divertimento's in rose hoog boven haar. Er vond een voortdurend uitdijen en ineenkrimpen van de ruimte plaats; met hetzelfde ritme stroomde het water in en uit haar oren.

'Het lukt niet,' zei Richard gesmoord in haar hals.

Hij kwam overeind en ging naast haar in het water zitten. 'Er zit geen enkel gevoel meer in, hij lijkt wel van rubber.'

'O jé,' zei Berber. Onthutst kwam ze overeind. Hier schoot elke vindingrijkheid tekort.

'Het komt door de kou,' zei hij, 'ik ga de zon weer in.'

Gefascineerd zag Berber hem op zijn rug de grot uitdrijven: een onderzeeër waarvan de periscoop nieuwsgierig boven water uitstak.

Peinzend vulde ze haar handen met water en goot ze weer leeg. Vanuit het water keek een bleek, vervormd gezicht haar aan, met donkere holtes om de ogen. Ineens klonken overal watergeluiden: geklots in gaten en spleten en een lichte ruis van de stroming die het water vanuit zee de grot in stuwde, waar het rondcirkelend in zichzelf een einde vond. Berber rilde. Ineens meende ze te begrijpen waarom kluizenaars bij voorkeur in grotten woonden. In hun afkeer van de wereld zochten ze een soort afzondering die haar beklemde en angst aanjoeg. Gejaagd, alsof er een dreiging uitging van de grot, zwom ze met korte, slordige slagen naar buiten.

'We zouden een hut kunnen vlechten van bamboe,' zei Berber.

Ze lagen in de schaduw van de spichtige bamboebladeren.

'Daar hebben we geen tijd voor,' zei Richard, 'de boot gaat om acht uur terug.'

'Jammer.' Ze had graag een hut, een hol, een tent gebouwd. Als hun bezoek aan dit eiland maar niet uitgroeide tot een kolossale gemiste kans. Ze hief haar hoofd op en keek op haar lichaam neer. Het leek egaal bruin in de schaduw. Haar buik was ook mooi plat als ze op haar rug lag. Hoe kon Richard zo ontspannen naast haar blijven liggen? Tussen haar vingers zeefde ze witte steentjes uit het zand die aanvoelden als kraaltjes en verspreidde ze over haar lichaam.

'Kijk,' zei ze, 'ik ben gespikkeld.'

Hij deed een oog open en weer dicht. 'Ik zie 't ja.'

Ze zuchtte.

'Zou je hier willen wonen?' vroeg ze, dichter tegen hem aan kruipend.

'Wonen?' Hij aarzelde even. 'Nee, wel wat langer blijven dan we nu doen.'

'Waar zou jij dan willen wonen als je kon kiezen?'

'Ik weet niet,' hij geeuwde, 'eerst zou ik nog wat meer van de wereld willen zien. Afrika bijvoorbeeld. Al jaren ben ik van plan dwars door Afrika te trekken, van de oostkust naar de westkust.'

'Afrika?' Ze fronste haar wenkbrauwen. 'In die bloedhitte?'

'Och,' hij haalde zijn schouders op, 'in India en Mexico was het ook heet.'

' 't Lijkt mij ondraaglijk,' zei Berber, 'de woestijn en zo.'

'Ik zou ook nooit een vrouw meenemen,' zei hij, 'vrouwen moeten op de meest onpraktische momenten naar de wc, hebbben plotseling maandverband nodig of eyeliner, of worden overvallen door een diffuse angst. Ze zadelen je op met verantwoordelijkheid.'

'O, dank je wel.' Gekwetst ging ze rechtop zitten. De steentjes vielen terug in het zand.

'Ik bedoel jou niet schatje, maar de vrouwen in het algemeen.'

Ze staarde naar haar rode onderbroek die als een waarschuwing boven haar hoofd bungelde. Hij wil dus eigenlijk naar Afrika, dacht ze, en per se niet met mij. Erger nog: niet met een vrouw, alsof er nog andere vrouwen in aanmerking zouden komen. Deze vakantie met mij is voor hem niet meer dan een intermezzo, zoiets als een uitstapje naar Scheveningen.

Er trok een pijnscheut door haar maag, alsof ze een naald had ingeslikt die zich daarbinnen een weg baande. Bedrukt keek ze naar de zee en de rotsen waar ze heen gezwommen waren. Wij zijn niet voor jou bedoeld, gaven ze te kennen, jij mist het vermogen van ons te genieten, je met een zuidelijke zwoelheid aan ons over te geven. Weet je waar jij hoort? Aan de winderige Noordzeekust, door de regen gedwongen in een vochtig, houten vakantieoptrekje mens-erger-je-niet te spelen met ruziezoekende familieleden.

Het kwam allemaal doordat ze te dik was. Ze wierp een blik op haar buik die zich nu ze rechtop zat in rollen plooide. Al leek ze op haar hoge hakken slanker toch miste ze de frêle schoonheid die mannen zo vertederde. Ze had veel te veel gegeten, deze vakantie. Twee warme maaltijden op een dag, 's morgens gebakken eieren met geitemelk, tussendoor roomijsjes en geroosterde maiskolven. Nergens had ze voor bedankt. Ook moest ze meer bewegen en haar buik inhouden als ze liep. Misschien kon ze haar haar beter opsteken. Ze moest eens uitkijken naar een winkel waar ze haarspeldjes verkochten.

'Zullen we opstappen?' Richard kwam energiek overeind. 'Het is nog een heel stuk lopen naar het dorp.'

Wat deed hij luchthartig. Het kan hem allemaal niets schelen, dacht ze, hij gaat toch naar Afrika.

Terwijl ze zich in haar strakke witte jurk wurmde, waar een groene vlek in was gekomen van de bamboe, en haar broekje aantrok zag ze hem in gedachten een levenslustige negerin omhelzen met grote ringen door haar oren en sterke witte tanden. Donker, magisch Afrika, daar kon zij nooit tegenop.

De inwoners van het dorp waren als vossen uit hun hol gekropen. Welwillend, maar niet zonder een zekere sluwheid, serveerden ze op de terrasjes of zetten de deuren van hun winkel wijd open. Toeristen in opzichtige kleren lieten zich lakoniek door hen bedienen.

Berber strompelde het dorp binnen. De leren randen van haar schoenen waren vlijmscherpe messen geworden die bij elke stap haar hielen kerfden. Haar voeten sopten in de bebloede schoenen.

'Hé,' riep ze schor, haar armen hulpeloos omhoog stekend, 'wacht even!'

Richard, het voortdurende omkijken en stilstaan beu, liep als bevrijd het pleintje aan de haven op. Een groepje Italiaanse meisjes ontfermde zich, hitsige gilletjes slakend, over een aantal witgeschilderde, smeedijzeren stoeltjes met veel krulwerk eraan. Geamuseerd volgde Richard hun bewegingen.

Berber naderde als iemand die over glasscherven loopt. Ze had tranen in haar ogen en wist niet of het van de pijn was of uit nijd. Richard installeerde zich aan een tafeltje naast de meisjes. Hij sloeg zijn ene been over het andere en stak een sigaret op. Koeltjes keek hij toe terwijl zij haar laatste onmogelijke stappen deed. Toen zij zich op een van de stoeltjes liet vallen en haar schoenen uitschopte, gleed zijn blik al weer naar het tafeltje naast hen.

Ze kon maar niet beslissen wie ze het meest haatte: het meisje dat een roomkleurige plissérok droeg met een gouden ceintuurtje, of de blonde die overgearticuleerd 'Martini Rossi' riep.

'Ik heb dorst,' zei Berber, 'waar wachten we op?'

'Op jou,' zei Richard. Er werd een verstrooide blik in haar richting geworpen, 'wat wil je drinken?'

'Witte wijn.' Ik moet maar flink wat drinken, dacht ze, dan verdwijnen de scherpe kantjes van mijn gevoel vanzelf.

Ze zaten in de schaduw van een rieten afdak. Potten met uitbundig bloeiende oleanders markeerden het terras dat bij een café met een citroengeel geschilderde gevel hoorde. De pogingen de toerist te bekoren waren iets te opzettelijk. Een serviele Griek met een lach van oor tot oor omdat hij net een bestelling had opgenomen aan het Italiaanse tafeltje keek hen vragend aan.

'Wat wilde je ook alweer?' Richard keek haar aan of ze een vreemde was.

'Witte wijn,' herhaalde Berber.

Hij bestelde een karaf, waarna de ober in de opening tussen het geel verdween.

Het tafeltje naast hen hield zijn aantrekkingskracht. Richard kon zijn ogen er niet van afhouden. 'Het zijn rumoerige types, die Italianen,' zei hij, 'maar ze hebben toch ook wel iets pikants.'

'Wat jij pikant noemt,' zei Berber, 'noem ik ordinair. Italianen trekken op een aanstellerige manier de aandacht..'

'Och.' Richard haalde zijn schouders op.

'Ik had ooit een Italiaans vriendje...' begon ze.

'Daar heb je nooit iets van verteld.' Hij keek haar aan met belangstelling van de verkeerde soort, die haar zou kunen afleiden van wat ze wilde vertellen.

'Het stelde niets voor, hij werkte bij ons in het ziekenhuis als hulpverpleger. Mario.'

'Dat kan niet missen.' Hij stak een nieuwe sigaret op. 'Romeo, Mario...'

'Op een zondag maakten we een tochtje naar buiten. We lieten ons rondleiden door een of ander kasteel, met een hele groep. In een zaal vol familieportretten kreeg hij het opeens op zijn heupen. Hij vertelde dat een van zijn zusjes jaren terug aan een plotselinge ziekte was overleden. "Mario zeven dagen niet ete, niet drinke," riep hij. "Mario zo triste, zo triste." Waar de gids en de bezoekers bij waren! Ik schaamde me dood!'

'Een gevoelige jongen,' zei Richard.

'Welnee,' ze wuifde zijn suggestie weg, 'hij genoot ervan.'

'Ik mag dat wel,' zei hij, 'ze weten tenminste wat passie is. De Nederlanders zijn zo nuchter, zo saai. Wij onderdrukken onze emoties, zelfbeheersing noemen we dat. Zelfs onze kerkhoven zijn saai, kaal, ingetogen. Neem een Italiaans kerkhof: marmeren graven met portretjes van de overledene in een gouden lijstje erop. Bloemenkransen op ieder graf, in alle kleuren van de regenboog.'

'Van plastic zeker,' zei Berber sceptisch.

'Van plastic ja, vanwege het klimaat. En metershoge cipressen ertussen. Het is een feest, zo'n Italiaans kerkhof, de doden horen er gewoon nog bij!'

'Het lijkt me kitscherig,' zei ze.

'Maar dan mooie kitsch. Nee, wij hebben het zuidelijk temperament hard nodig om uit onze schulp te kunnen kruipen.'

Het slaat allemaal op mij, dacht Berber, hij kan bij mij niet uit zijn schulp kruipen. Daar heeft hij een Italiaanse of een Afrikaanse voor nodig.

De ober liep met een dienblad vol longdrinkglazen naar het Italiaanse tafeltje. Zonlicht fonkelde in de donkerrode Martini en Campari; op de rand van het glas geklemde schijfjes citroen staken er exotisch bij af. Een van de meisjes wilde het hangertje dat de ober aan een ketting om zijn hals droeg van dichtbij zien en boog zich naar zijn borst. Hij scheen te onthullen wat het betekende; er werden uitroepen geslaakt die allemaal variaties leken van mamma mia, mamma mia. De Griek zwol van welbehagen. Met toewijding zette hij de glazen op het tafeltje, ieder meisje een speciaal voor haar bestemde blik toewerpend. Het leek of hij met tegenzin het karafje en de twee overgebleven glazen opmerkte die hem noopten zich los te maken van het Italiaanse tafeltje. Met zijn gezicht in de plooi van de neutrale bediening bracht hij de wijn.

Wij stralen niets dan verveling uit, dacht Berber, en ik ben daarvan de oorzaak. Zonder mij zou Richard hier naar hartelust uit zijn schulp kunnen kruipen.

Bedrukt staarde ze naar de masten in de haven waar vogels lusteloos omheen cirkelden. Het was namiddag, de overgangsfase tussen de heetste uren en de naderende avondkoelte. Bij de volledige afwezigheid van wind hulden huizen, mensen, geluiden en geuren zich in een wolk van warmte. Uit de haven steeg de weeë lucht van rottende vis en zout water op; rond het terras hing een demoraliserende bloemengeur, vermengd met sigaretterook en de lucht van gebraden vlees. Misschien spraken de Italiaanse meisjes niet werkelijk zo hard, met pathetische, melodramatische uithalen. Misschien ook waren ze niet zo mooi als ze Berber toeschenen. Wie zocht er nu zijn toevlucht in een gouden ceintuurtje?

Weer trok er een vijand met een puntige lans door haar maag. Ze legde haar hand erop en staarde troebel naar het glas witte wijn dat voor haar op het tafeltje stond.

'Is er iets?' vroeg Richard.

'Hoezo?'

'Je zit er zo krampachtig bij.'

'Krampachtig?'

'Je zit er nou niet bepaald bij als iemand die plezier in

het leven heeft. Wat is er?'

'O niks.' De hand lag nog steeds op haar maag, zoals zwangere vrouwen hem op hun buik leggen om de bewegingen van het kind te voelen. Ze boog naar voren en pakte haar glas. 'Hoe smaakt de wijn?' vroeg ze als terloops.

Even keek hij haar sprakeloos aan.

Ze zette haar lippen aan het glas en sloot haar ogen.

'De wijn is goed,' zuchtte hij. Verstoord keek hij door de opening tussen de rotsen, die de haven als de scharen van een kreeft omsloten, naar de horizon.

Troostend gleed de wijn door haar keel. Hij wilde dat ze aldoor opgewekt en amusant was. Als ze even haar schouders liet hangen of moe was verplaatste zijn aandacht zich gemakzuchtig naar anderen die vrolijker, uitdagender, ongecompliceerder leken.

'We moeten zo maar eens wat gaan eten,' zei hij alsof het een corvee betrof, 'dan zijn we tenminste ruim op tijd bij de boot.'

Hij wil zo snel mogelijk weg, dacht ze. Iets te bruusk zette haar hand het glas terug op de tafel; een golfje spoelde over de rand.

'Waar?' vroeg ze.

'Ergens in het dorp.' Er lag een verveelde trek om zijn mond. Hij zette zijn zonnebril op en leek nu een verwende Amerikaanse jongen die zich verbeeldt dat hij het allemaal al gezien heeft.

Het dorp in, dat betekende weer lopen.

'Zou ik hier ergens pleisters kunnen krijgen?' vroeg ze.

'Pleisters?' Zijn wenkbrauwen kwamen in boogjes boven zijn zonnebril uit.

'Voor mijn hielen.' Ze trok haar voeten onder de stoel vandaan. De bloedende blaren kwamen als een stil verwijt in zicht.

'Je bent gek,' zei hij.

Opnieuw liepen ze door de nauwe straatjes, Berber op blote voeten, de schoenen bungelend in haar hand.

Tegen de gevels zaten in het zwart geklede vrouwtjes op stoeltjes met biezen matten als raven op een tak. Onder zwaar neerhangende, rimpelende huidplooien vandaan volgden ze met kleverige blik de bewegingen van de voorbijgangers vanaf het moment dat zij in de straat verschenen totdat zij aan het andere eind de hoek omsloegen. Zij waren de ogen van het dorp.

Soms kwamen uit een openstaand raam flarden weemoedige muziek, als klagende stemmen die lang nadat het geluid verstorven was nog hoorbaar waren. In een straat met niets dan puriteins witgekalkte gevels hing een weelderig bloeiende bougainville wulps over een stenen muurtje. Berber ging er onder staan alsof het er goud regende, en keek ademloos naar boven, naar de wolk van paars-rode bloemen met stukjes ijlblauwe lucht ertussen.

Richard, onder de verleidingen van het dorp zijn nuchterheid niet verliezend, ontdekte een winkel waar alles werd verkocht voor zover het niet eetbaar was.

In het zuinige licht dat door de ramen viel liepen ze bedeesd tussen overbelaste stellingen door, waar de meest uiteenlopende voorwerpen in wankel evenwicht op elkaar gestapeld waren. Aan het plafond hingen bundels theedoeken en overalls, bijeengehouden door vleeshaken.

'Hoe vinden we hier in godsnaam ooit pleisters,' zei Richard.

Berber giechelde zenuwachtig.

'Wat lach je nou?' Met een ruk trok hij een ansichtkaart uit een rekje, bekeek zonder belangstelling de verbleekte foto van een dansgroep in klederdracht, en propte hem weer terug tussen de andere. 'Een verkoopster schijnt er ook niet te zijn.'

Op hetzelfde ogenblik verscheen er van achter een stelling een forse vrouw, geruisloos alsof ze hen al die tijd gadegeslagen had. Ze droeg een schort van onverslijtbare stof en had een zwarte, glimmende wrong in haar nek die door een kam van schildpad op zijn plaats gehouden werd.

Richard deinsde terug.

'Kalispera,' zei hij om zijn aanwezigheid te rechtvaardigen.

'Kalispera.' De vrouw droogde haar handen af aan haar schort. Er hing een zure lucht in de winkel alsof er ergens een vergeten stuk geitekaas onder invloed van de warmte tot ontbinding overging.

'Pleisters,' zei Berber. Ze tilde haar voet op en wees naar haar hiel.

'Ah,' de vrouw knikte. In de schemering achter in de winkel klom ze op een trapje. Om haar kuiten ribbelden wintersdikke nijlons. Hijgend daalde ze het trapje af met een kartonnen doos in haar handen.

'Corinna,' riep iemand op dreinerige toon uit het achterhuis.

'Nè, nè,' riep de vrouw met schelle stem terug. Triomfantelijk haalde ze een flesje jodium uit de doos tevoorschijn.

Richard opende zijn mond om te weigeren, maar Berber pakte het flesje aan en deed nog eens nadrukkelijk het plakken van een pleister na. De vrouw knikte, liep bedrijvig tussen de stellingen door, verschoof het trapje en haalde van achter een monsterlijke imitatie van een antieke amfoor een verschoten pakje Hansaplast tevoorschijn. Het was een raadsel welk ingenieus ordeningsprincipe zij onder haar zwarte wrong verborg.

Tenslotte probeerde Berber haar duidelijk te maken dat ze een schaar wilde lenen om twee stukjes pleister af te knippen. Opnieuw een en al behulpzaamheid opende de vrouw een kast met glazen deuren en haalde er een degelijke huishoudschaar uit, die een tapijt doormidden zou kunnen delen.

In een bak met gekleurde plastic haarspeldjes ontdekte Berber een kartonnen kaartje met bruine, metalen schuifjes. Ze gaf het aan de vrouw die verheugd knikte en naar de toonbank liep om alles in solide, grauw papier te wikkelen.

Voordat ze er erg in hadden stonden ze al weer op straat, beleefd uitgelaten door een onophoudelijk knikkende en groetende vrouw, en telde Richard het geld dat hij nog over had.

'Dure voetjes,' zei hij, 'ik hoop dat er nog genoeg over is om te eten.'

Berber schrok. 'Was het duur?' vroeg ze nerveus. 'Hier in dit achtergebleven gebied?'

'Als het om toeristen gaat zijn ze volledig bij de tijd.' Met een vermoeid gebaar stopte hij de portemonnee terug in zijn broekzak. 'En jij laat maar inpakken.'

'Moet ik die spullen soms terug gaan brengen?'

'Laten we maar gaan,' zei hij, 'zoveel tijd hebben we niet.'

Schuldbewust liep ze achter hem aan.

Gebogen onder een takkenbos die groter was dan zijzelf strompelde een naar de aarde toegegroeid vrouwtje hen tegemoet. Bij het passeren groette ze onder haar vracht – een geweldig vogelnest – vandaan, één bruine tand ontblotend.

Aan een pomp waste en verbond Berber haar voeten, ondoorgrondelijk gadegeslagen door twee meisjes met zwarte lakschoentjes en witte sokjes aan. Af en toe fluisterden ze elkaar iets in het oor. Met dubbele pleisters op elke hiel wrong Berber haar voeten weer in de schoenen. Richard schudde zijn hoofd toen ze als op stelten naast hem liep. 'Ik heb toch niets anders?' zei ze.

'Wat wil je eten?' Hij schoof haar de menukaart toe.

'Ik wil eerst even naar de wc,' zei ze, onrustig op haar stoel heen en weer schuivend.

'Beslis nou even,' drong hij aan, 'we mogen de boot niet missen.'

Ze pakte de kaart en wierp er een vluchtige blik op.

'Nee, ik moet echt eerst even naar de wc,' zei ze en klapte de kaart dicht, 'ik kan er zo niet over nadenken.'

Ze schoof haar stoel naar achteren en stond op.

Driftig streek hij een lucifer langs het doosje en stak een sigaret op. Zonder belangstelling greep hij de menukaart.

Berber profiteerde ervan dat ze even alleen was. Achterin het restaurant was een primitief toilet met een fonteintje waar een gebarsten spiegeltje boven hing.

Herboren keerde ze terug, zo elegant mogelijk tussen de tafeltjes door laverend.

'Waar bleef je?' vroeg Richard tussen zijn tanden.

'Ik heb me even opgeknapt,' zei ze, 'en ik heb geprobeerd die groene vlek eruit te halen, maar hij is alleen maar groter geworden.'

'Moest dat zo lang duren?'

'Lang?'

'Ik heb tot twee keer toe de ober terug moeten sturen.'

'O jé.'

'Heb je helemaal niet aan de boot gedacht?'

'Jawel.' Ze lachte onschuldig.

'Wat heb je met je haar gedaan?'

'Opgestoken.'

'Jezus.'

'Wat Jezus?'

'Niks. Bestel nou maar.'

'Vind je 't niet leuk?'

'Om je de waarheid te zeggen: je lijkt tien jaar ouder.

Maar bestel nou maar.'

Door een floers staarde Berber in de menukaart. De namen van de gerechten, met veel ou's erin, vloeiden door elkaar heen. Ze had helemaal geen trek. 't Liefst rukte ze de speldjes er meteen uit. Weer voelde ze steken in haar maag.

'Wat wil je, moussaka maar?'

Ze knikte.

Opgelucht riep hij de ober.

Terwijl ze zich naar de haven haastten hulde de ondergaande zon de huizen in een rode gloed. Het dorp gonsde. Kinderen speelden op straat. Het rook naar houtvuurtjes, warm eten, schone was, de zee. Stemmen, gelach, het gekletter van vaatwerk en gekef van honden achtervolgden hen door de hobbelige straatjes.

Het vooruitzicht dit eiland voor altijd de rug toe te keren en terug te varen in de koelte van de avond maakte Berber immuun voor de pijn aan haar voeten. Aan boord kon ze zitten en ongemerkt de haarspeldjes eruit halen.

Het was kwart voor acht. De weg daalde, waardoor ze nog meer vaart kregen. Het was of het dorp, opgelucht over hun vertrek, hen de terugtocht vergemakkelijkte door ze met zachte handen uit te drijven. Tussen de huizen door kwam de rode bol van de zon in zicht, op het punt zichzelf uit te blussen in de Ionische Zee.

Berber verwachtte in één oogopslag de boot te zien liggen, die in haar fantasie de afmetingen van een oceaanstomer had gekregen, maar in de wemeling van inmiddels teruggekeerde vissersboten en pleziervaartuigen was hij niet te ontdekken. Tussen de rondbanjerende vissers en toeristen door zochten ze koortsachtig de aanlegplaats waar ze een mensenleven geleden voet aan wal hadden gezet.

Aan het andere eind van de haven bleef Richard staan. 'Hier moet het zijn,' zei hij toonloos, 'ik herinner me dat café.' Hij wees op een gebouw met kleine ramen dat als een vooruitgeschoven post bijna op de steiger stond. 'Zie jij een boot?' Ze keken over een lege steiger naar een even zo lege zee, waar de zon inmiddels verdwenen was.

'Ik begrijp het niet,' hij keek op zijn horloge, 'het is pas vijf voor acht.'

'Zou hij al vertrokken zijn?' vroeg Berber. Ze rilde. Uit het zeewater steeg kilte op.

'In dit land?' Spottend keek hij haar aan om zoveel naïveteit. 'Ze zijn hier altijd te laat.'

Berber knikte. Ze kon beter haar mond houden.

'Nou,' hij zuchtte, 'er zit niets anders op dan wachten.' Ostentatief ging hij op het uiteinde van de steiger zitten.

Zenuwachtig trok Berber een van de speldjes uit haar langzaam afzakkende haar en stak het er met een fel gebaar in terug. Ze deed haar schoenen uit, zette ze zij aan zij op de planken en ging naast Richard zitten. Geen van beiden zei iets. Dicht bij elkaar, lotsverbonden, maar in de geest mijlenver uiteen, tuurden ze in de verte alsof ze de boot met hun ogen de baai konden binnenloodsen. Ze durfde er niet aan te denken dat hij al vertrokken kon zijn. Misschien kwam hij wel een uur, anderhalf uur later; aan die gedachte hield ze halsstarrig vast.

Uit het café schalde muziek. Met tergende nauwkeurigheid overdacht Berber de gebeurtenissen van die dag, ze telkens anders maar nooit ten gunste van zichzelf interpreterend. Af en toe keek ze steels naar Richard die de ene sigaret na de andere opstak en de peukjes met verbeten felheid in zee wierp. Ze moest iets zeggen, ontspannen, alsof er niets aan de hand was.

'Ik had nooit gedacht dat het zo'n drukke haven zou zijn,' zei ze.

Hij antwoordde niet. Er gloeide alleen een rood puntje op in de schemering.

'Voor zo'n klein eiland,' verduidelijkte ze.

Stilte. Gelach in het café.

'Heb jij enig idee hoeveel eilanden er in Griekenland zijn?'

'Nee.'

'Het moeten er honderden zijn, misschien wel duizenden.' Ze huiverde: allemaal afsplitsingen van Paxos. 'Het lijkt me geweldig om een tocht te maken van het ene eiland naar het andere,' zei ze.

Hij gromde.

Berber zuchtte. Het uitzicht op de baai hing haar de keel uit. Ze stond op en ijsbeerde over de steiger. Het hout was nog warm. Boven de heuvels hing een doorschijnende maan; in het zwart van de bossen brandde hier en daar een licht. Het bevreemdde haar dat er verder geen passagiers wachtten. 'Zullen we eens gaan vragen hoe het zit?' stelde ze voor.

'Waar?'

'In het café?'

Kreunend kwam hij overeind. 'Vooruit maar, anders wachten we tot sint-Juttemis.'

Ze bukte zich om haar schoenen aan te trekken.

Een walm van rook en gecondenseerd zweet sloeg hen tegemoet toen ze binnenkwamen. Vanuit de juke-box wedijverden een bouzouki en een zanger met elkaar om een patent op melancholie. Grieken met opgestroopte hemdsmouwen zaten rond een tafel met formicablad te kaarten. In een hoek lag er een met zijn hoofd op tafel te slapen.

Met het zelfvertrouwen van een man die eindelijk handelend kan optreden liep Richard naar de man achter de tapkast, Berber bij de deur achterlatend. Hoewel ze de enige vrouw was keek niemand op van zijn kaarten. Ik ben de moeite niet waard, dacht ze: dik, bleek en groezelig. Nauwlettend sloeg ze Richard gade. De kastelein hoorde hem welwillend aan. Toen Richard uitgesproken was, spreidde de man zijn armen en haalde zijn schouders op.

'Georgios,' brulde hij.

Gedesoriënteerd keek Richard het café rond. Een van de kaartspelers, een jongen met borstelig rood haar en een petje, keek op. Dwars door het geweeklaag van de zanger heen riep de kastelein iets onverstaanbaars, vergezeld van vage handbewegingen. Richard keek van de een naar de ander. De jongen met het rode haar beduidde de verstoord opkijkende kaartspelers even te wachten en wenkte Richard dichterbij.

Berbers ongerustheid nam toe. Ze zag dat Richard zijn vraag herhaalde en de jongen lakoniek met een hand vol kaarten in de richting van de haven wees. Richards mond zakte open. De zanger staakte zijn lied en werd zonder overgang opgevolgd door een zangeres die er haar eigen treurnis aan toevoegde. De slapende man hief zijn hoofd op, keek met opengesperde ogen verdwaasd voor zich uit en liet zijn hoofd met een bons terug op tafel vallen. Berber verplaatste haar gewicht naar haar andere been en daarmee ook de pijn van haar ene voet naar de andere.

Uiterst traag, als iemand die tegen storm optornt, liep Richard in haar richting. Tenslotte stond hij zwijgend voor haar.

'En,' vroeg ze ongerust, snel en oppervlakkig ademend, 'wat zeggen ze?'

'Er gaat helemaal geen boot.'

'Helemaal geen?'

'Je hoort me toch?'

'Hoe kan dat?'

'Morgenochtend pas, om acht uur.'

Perplex staarde ze hem aan. Het leek of iedere haarwortel apart zweette. 'Hoe hebben we ons zo kunnen vergissen?'

'We?' Er zat nauwelijks beheerste woede in zijn stem. 'We? Jíj hebt de lijst met vertrektijden bekeken, terwijl ik kaartjes kocht.'

'Maar daarna ben jij het nog eens nagegaan voor de zekerheid.' Berber verslikte zich in haar adem en hoestte.

'Dat is niet waar.'

'Met je vinger op de kaart, ik weet het zeker.'

Richard keerde haar zijn rug toe en werd opeens een aandachtig toeschouwer van het kaartspel.

Berber beet in de knokkel van haar wijsvinger en slikte een huilerig gevoel in haar keel weg. Wanhopig keek ze tegen zijn wrokkige betonnen rug aan. Ze zou hem door elkaar willen rammelen. Haar ogen gleden door de ruimte zonder ergens een rustpunt te vinden. Achter haar was de deur. Wegglippen kon ook niet, buiten begon het eiland zoals ze het vanaf de steiger gezien had: zwart en ondoorgrondelijk, met verraderlijke lichtpuntjes erin.

'Wat doen we nou?' fluisterde ze, hem bij zijn schouder pakkend, 'we kunnen hier toch niet blijven staan?'

'Ik heb geen idee,' zei hij zonder op te zien, 'ik neem een glas ouzo.'

'Is er dan nog geld?' Berbers arm viel slap terug langs haar lichaam.

'Waaraan kunnen we in deze hachelijke situatie,' zei hij, 'onze laatste drachmen beter besteden dan aan drank?'

'Ik weet niet,' haar stem bibberde, 'aan een goedkope slaapplaats of zo.'

'Daar is 't veel te weinig voor,' hij begaf zich in de richting van de tapkast, Berber, zich in hem vastbijtend en wiebelend op haar schoenen, aan zijn zij.

'Wil je ook iets?' vroeg hij plichtmatig. De man achter de bar, zijn behaarde armen als berepoten tussen de tere glazen, keek hem afwachtend aan.

'Ik hoef niks,' zei Berber afgemeten, alsof de vraag een belediging inhield.

Richard keek op uit zijn portemonnee. 'Als jij niet zo'n heel assortiment voor het verbinden van twee blaartjes had aangeschaft zouden we nog net in een goedkoop hotelletje kunnen slapen.'

Ze opende haar mond om iets te zeggen en sloot hem weer. Haar benen trilden van vermoeidheid. Met haar nagels krabde ze een oud schrammetje op de rug van haar hand open.

In de gelederen van de kaartspelers ontstond geroezemoes. Een van hen liet zich glunderend op zijn schouders slaan. De jongen met het rode haar schoof zijn stoel achteruit en ging staan. Als om zijn hersens van verse zuurstof te voorzien lichtte hij even zijn pet op. Toen kreeg hij Richard in het oog en liep als terloops, met de handen in zijn zakken, naar hem toe. Berber verbaasde zich erover dat hij bruine ogen had; ze herinnerde zich niet ooit iemand met rood haar en bruine ogen te hebben gezien.

Even later keek ze weer tegen Richards rug aan en haatte zijn Bretonse streepjestrui. Hij raakte in gesprek met de jongen en bestelde een glas ouzo voor hem. Ze kon bijna niet meer op haar benen staan. Het idee dat ze niet wisten waar ze deze nacht sliepen en òf ze wel zouden slapen was onverdraaglijk. En dat terwijl Richard lui tegen de tapkast leunde en zich geweldig scheen te vermaken, meer dan met haar tot nu toe.

Als zij er dan toch niet bijhoorde kon ze net zo goed weggaan.

De kastelein schonk juist de glazen van de kaartspelers vol, die op hun beurt met een gewichtige uitdrukking op hun gezicht de kaarten uitdeelden voor een nieuw rondje, toen Berber stil verdween als iemand die laatste geworden is bij de verkiezing van een schoonheidskoningin. De bouzouki liet nog een paar losse flodders horen en zweeg.

Ik ben te dik, dacht Berber, ik ben absoluut te dik. Ze zat op de steiger en roerde met haar grote teen in de Ionische Zee.

Wanneer een mooie, slanke vrouw ergens binnenkwam richtten alle ogen zich op haar. Met onschuldig neergeslagen ogen zocht ze ergens een plekje om te zitten. Men maakte onmiddellijk plaats voor haar. Een tikje verongelijkt keek ze uit het raam of in een tijdschrift dat ze bij zich had. Wanneer een gewone vrouw zich zo afzonderde werd ze aan haar lot overgelaten, maar zij niet. Ze hoefde maar met haar ogen te knipperen of haar onderlip te laten trillen en iemand kwam vol medeleven haar hand vasthouden.

Maar was je te dik dan moest je voortdurend moederlijk, zorgzaam en vrolijk zijn. Je ging op hoge hakken lopen om langer te lijken. Je stak je haar op om dezelfde reden. Vermoeidheid en droefenis maakten je aartslelijk zodat men met een boog om je heen liep.

Maar ik ben iemand, sprak Berber zichzelf moed in, ik ben ontegenzeglijk iemand. Zelfs als ik door niemand word gezien, dan nog ben ik iemand. Ze ging plat achterover op de steiger liggen. De in het hout opgeslagen warmte, eronder het geklots van het zeewater dat de grenzen van zijn territorium bereikte, in de verte het geroezemoes van stemmen en boven haar de ontzagwekkende ijlte: hier was zij om het in zich op te nemen.

Wat verbeeldde Richard zich wel? Dat de wereld

draaide volgens de armzalige psychologische wetten die hij uit de boeken had opgedaan? Dat hij met zijn intellectuele arrogantie wist hoe zij in elkaar zat en haar daarom mocht straffen voor haar gedrag als dat hem niet aanstond?

Ze lachte. Haar lach kaatste over de waterspiegel, drie keer opspringend als een plat steentje dat horizontaal over zee wordt gegooid. Zij was even levend als het zeewater, elk moment anders, nooit aan zichzelf gelijk.

Haar schoenen lichtten op in het donker. Als ze nu eens haar kleren uittrok en naar een van de rotsen zwom die de haven omsloten. Wat zou er door hem heengaan als hij het hoopje kleren zag liggen en geen antwoord kreeg op zijn geroep? Radeloos, handenwringend, zou hij de steiger op en neer lopen, telkens weer met zijn ogen het water afzoeken en zich voor het hoofd slaan. Dan pas zou ze haar schoonheid en zachtmoedigheid terug krijgen.

Met haar handen onder haar hoofd liet ze het verrukkelijke beeld op zich inwerken, genietend van de paniek die ze zou veroorzaken. Het hele dorp in rep en roer: de kaartspelers staakten hun spel, de slapende man werd wakker, de kastelein verliet de tapkast, de toeristen dromden samen, de oude vrouwen in het zwart sloegen een kruis, de kinderen die nog niet naar bed waren tuurden met de duim in de mond in het donkere water. Er werd een reddingspoging ondernomen. En intussen zat zij uit het zeeschuim herrezen op de rotsen – haar vingers gleden achteloos door haar haar – de andere kant op te kijken, in de richting van Italië.

Ze dacht aan de laars en de hak vanwaaruit ze per boot waren overgestoken naar Korfoe en merkte daardoor niet dat er twee laarzen opdoemden die naast haar hoofd stilhielden. Als betrapt schoot ze overeind. Een Griek hurkte naast haar neer, een rij van gouden, in het maanlicht blikkerende tanden ontblotend alsof hij van binnen uit louter edelmetaal bestond.

Ze lachte zenuwachtig terug en trok in een reflex haar schoenen naar zich toe. Hij zei iets tegen haar: zij haalde vragend haar schouders op.

'Alexandros,' zei hij nadrukkelijk en zette zijn wijsvinger op zijn borst.

'Ah,' zei Berber en wierp een snelle blik op het café.

Daarna wees hij vragend naar haar. Ze deed of ze hem niet begreep en lachte onnozel.

'Name?' zei de Griek.

'O name,' zei ze.

Hij knikte verheugd.

'Berber.'

'Berrrberrr.' Hij proefde haar naam en grinnikte.

'Deutsch?' vroeg hij.

'Hollands,' zei ze.

'Hollands,' herhaalde hij en scheen dat even te moeten overdenken.

'Sprechen Sie deutsch?' vroeg hij toen.

'Ja.'

'Ich Alexandros,' hij wees op zichzelf alsof er nog misverstanden mogelijk waren, 'habe in Deutschland gearbeitet.'

'O ja?'

'Mit Bruder und Vater.' Hij wendde zijn hoofd af en keek over de baai. Ze keek naar zijn tochtlatten en zijn getailleerde overhemd. 'Nicht gut,' zei hij hoofdschuddend, 'nicht gut für Familie. Alexandros wieder zurückgekommen.'

'Deutschland nicht gut?' vroeg ze.

'Deutschland Geld verdienen.' Hij lachte. Ze gruwde van zijn tanden.

'Wir tanzen?' vroeg hij. 'Alexandros und Berrrberrr

tanzen?' Slordig wees hij naar het dorp.

Even schoot de aantrekkelijke kant hiervan door Berbers hoofd. Richard zou het hele dorp afzoeken en haar tenslotte in een havenkroeg uit de armen van de Griek moeten losscheuren.

'Ich bin mit meinem Freund,' zei ze.

'Freund?' vroeg hij verbaasd.

Berber stond op en schoof haar natte tenen in haar schoenen. De Griek kwam ook overeind; hij was een hoofd kleiner dan zij. Ze kreeg plotseling haast. Alsof ze hem zou kunnen ontsnappen greep hij haar bij de armen. 'Wir tanzen?' vroeg hij nog eens.

'Nein,' zei ze, 'mein Freund.'

Op dat ogenblik ging de deur van het café open en kwam Richard naar buiten. Zijn krullen staken verwilderd af tegen het licht in het café. Het silhouet van de pet volgde hem.

'Da ist er,' zei Berber opgelucht, 'mein Freund.'

De Griek liet haar arm los, mompelde een groet en verwijderde zich met grote stappen in de richting van het dorp.

'We vroegen ons al af waar je was,' zei Richard opgewekt.

'Ik was even naar buiten,' achteloos duwde Berber een omlaag gegleden lok terug, 'het werd me te benauwd daarbinnen.'

'Dit is George,' vertrouwelijk legde Richard een hand op de schouder naast hem, 'from London.'

'Hello,' zei George, olijk aan zijn pet tikkend.

'Hij weet een slaapplaats voor ons,' zei Richard, 'bij een vriend die wel vaker gestrande toeristen in huis neemt.'

'O,' Berber zag hem nu met andere ogen, 'dat zou mooi zijn. Is het ver?'

'Is it far from here?' vroeg Richard.

'Just a little walk,' zei George.

Ze liepen achter het café om, over een primitieve weg die omhoog slingerde, de heuvels in. Nu ze tussen Richard en George in liep vielen de stukjes van Berbers wereld weer op hun plaats. Haar fantasieën op de steiger had ze zich met de beste wil van de wereld niet meer voor de geest kunnen halen.

Richard was in een uitgelaten stemming. Waarschijnlijk was het niet bij die ene ouzo gebleven. 'Het is allemaal heel toevallig,' zei hij, 'George heeft ook psychologie gedaan en is, net als ik, vlak voor 't eind gestopt omdat hij 't niet meer zag zitten.'

'Wat doet hij nu?' vroeg Berber.

'Hij hangt al twee jaar op Paxos rond. Vier maal per week vaart hij met een vrachtschip naar Igoemenitsa om goederen te laden en te lossen. Daar kan hij makkelijk van rond komen.'

'Leuk zeg.' Berbers rust verdween. Haar achterdocht kwam al weer opzetten.

'Hij zag het in Londen helemaal niet meer zitten. Het klimaat, het opgefokte leven, de drukte. Hier gaat alles langzaam, ontspannen. Contemplatief bijna.'

George glimlachte lief naar haar.

'Het lijkt me wel een mooi leven,' zei Richard, 'af en toe werken en verder een beetje rondkijken, zwemmen, een glaasje drinken, praatje maken.'

'Dat gaat ook vervelen,' zei Berber.

'Je kunt het tot een kunst verheffen.' Hij schopte een steentje over het pad. 'Wij zijn allemaal zo geconditioneerd door de vicieuze cirkel van werken, eten, slapen, werken, dat we ons niet eens meer kunen ontspannen.'

'Dat kan allemaal wel zijn,' in een flits zag Berber de kromgegroeide mannen en vrouwen voor zich die op de hete akkers de uitgedroogde, stenige bodem bewerkten, 'maar je moet 't leven hier niet romantiseren.'

Richard zweeg. Zijn dromen werden te bruusk ingedamd.

Zij dacht aan de vicieuze cirkel van werken, eten, slapen in het ziekenhuis; aan de dagdiensten, de nachtdiensten; aan de zieken, de gewonden, de pasgeborenen, die het hele etmaal verpleegd moesten worden. Daar kwam geen rondkijken of glaasje drinken aan te pas. Niet anders dan in de staalindustrie rookten de schoorstenen van het hospitaal dag en nacht.

Het was een steil pad dat de Engelsman voor ze had uitgezocht. Zelf liep hij soepel en lenig als een bergbewoner, maar Berber voelde bij elke stap het leer weer in haar hielen snijden, alsof de pleisters er af waren. Ze bukte om te kijken. Richard liep door, maar George wachtte, weifelend van de een naar de ander kijkend.

'Tell me George,' riep Richard over zijn schouder, 'did you travel a lot?'

In drie sprongen was George bij hem. Berber hoorde ze vreedzaam pratend verder lopen. De pleisters waren weg. Ze moesten er afgeweekt zijn toen ze met haar voeten in het water zat. De verbandmiddelen zaten in Richards broekzak. Ze trok haar schoenen uit en liep, zich zo licht mogelijk makend, op blote voeten verder over het uit de rotsen gehouwen pad. De pijn verplaatste zich naar haar voetzolen.

De weg doorkruiste een pijnbomenbos dat het maanlicht in vijandige eenzelvigheid buitensloot. Het gesjirp van de krekels was oorverdovend. Berber voelde de aanwezigheid van duizenden poten en sprieten om zich heen. Het kriebelde aan haar voeten. Wat kroop er in het donker allemaal over het pad? Waren er in Griekenland slangen? Schorpioenen? Ze versnelde haar pas tot ze Richard had ingehaald en ging in zijn voetspoor lopen.

Hij was geanimeerd aan het woord. Zijn vraag aan George was waarschijnlijk bedoeld geweest om zelf los te kunnen branden. Weer hoorde ze het spannende relaas van zijn reis naar India, dwars door Turkije heen, waar ze zelf ooit ademloos naar geluisterd had. Hoe hij dagenlang op een station in niemandsland had staan wachten tot er een trein kwam en dan geduldig met de conducteur onderhandelde over de prijs. Konden ze het niet eens worden dan reed de trein gewoon verder. Tenslotte gaf hij zich gewonnen voor een veel te hoog bedrag en stapte een overvolle trein binnen, waarvan de coupés al in beslag genomen bleken door boeren in het gezelschap van hun vee en huisdieren: geiten, bokken, honden, kippen, hanen, konijnen. Vond hij eindelijk een coupé waarin twee Turken zaten die hem glimlachend gebaarden te gaan zitten, bleek hij als tegenprestatie zijn lichaam te moeten laten betasten door hun snelle, bruingebrande vingers. Weggevlucht en teruggedrongen naar de laatste open plek, een reep vloer op het balcon tussen hoog opgetaste bagage, strekte hij zich vermoeid uit om te slapen, maar ontdekte al spoedig dat hij in een gangpad lag waarlangs de reizigers dag en nacht, in het voorbijgaan speels tegen zijn lichaam schoppend, hun weg zochten ter verlichting van blaas en darmen.

Berber herinnerde zich dat ze indertijd bij dit verhaal in gedachten zijn bevuilde en gekwelde lichaam met fluwelen handen had ingezeept en in een lauw bad gedompeld had en daarna in een zacht bed gelegd, naakt tussen koele lakens.

Zelf had ze nog haast niets van de wereld gezien. Deze reis was eigenlijk de eerste, anderhalve dagtocht over de grens niet meegerekend.

Hoe lang liepen ze nu al? Just a little walk?

'Next year I'll go to Africa,' zei Richard.

Ze vertraagden hun pas.

'Here it is.' George wees naar een hoog wit huis dat zich tussen de bomen verschool. Door de gesloten luiken kierde licht.

Ze liepen het erf op. Een hond in een hok gromde gemelijk. Loom neerhangende fuchsia's in potten maakten het huis toegankelijker. Laat er in godsnaam plaats voor ons zijn, smeekte Berber.

Met beleefde distantie – ineens op en top Engelsman – klopte George aan. Ze hoorden snelle passen in de gang. Een kleine koele kamer, bad Berber, desnoods met een keihard matras. Aan de andere kant van de deur ging een schuif open. In de deuropening verscheen een korte, gedrongen vrouw die wantrouwend het donker in keek maar begon te stralen toen ze George herkende. 'Kalinigta,' lachte ze.

'Kalinigta.' Vertrouwelijk als een intieme vriend sprak George met haar. Wat hij zei klonk Griekser dan Grieks. Er school bewondering in de manier waarop ze glimlachend naar hem opkeek. Berber stelde zich haar voor in plaatselijke klederdracht met een gebloemd schort, een met goud geborduurd jasje en al haar kettingen tegelijk op haar boezem, onvermoeibaar danspasjes makend op de gezapige muziek van het dorpsstrijkje.

Ze knikte. George keek voldaan om naar Richard. Wij psychologiestudenten, scheen hij te zeggen, met een beetje tactische aanpak maken we het overal.

Maar toen kwam er van achter uit de gang een man aanlopen. Hij bleef achter zijn vrouw staan en keek over haar schouder. Er viel een rare stilte.

Zijn ogen gleden van Berber naar Richard en George en weer terug. Ze deed een pas naar achteren en drukte haar nagels in haar handpalmen.

'Kalinigta Alexandros,' zei George.

'Ah, Georgios.' Hij lachte nerveus. Het goud in zijn mond schitterde gevaarlijk. Schichtig keek Berber naar de vrouw. Hij mompelde iets tegen haar waarop zij verbaasd tegensputterde. George's mond zakte open. Hij zette zijn pet achterstevoren op zijn hoofd.

Uiterst beleefd en afstandelijk zei de Griek iets tegen hem, waarbij elektriciteit heen en weer leek te flitsen tussen de glazen lamp in de gang en zijn tanden. Daarna duwde hij zijn vrouw met zachte hand opzij en sloot de deur.

Vragend keek Richard naar George.

'I don't understand it,' fluisterde deze, 'she said: "its all right, let your friends stay." Then Alexandros comes and he sais no, the house is full of guests.' Hij nam zijn pet af en keek erin, alsof daar de oplossing rondzwom. Het huis was gesloten als een burcht. Berber slikte een gevoel van misselijkheid weg. Ze stopte haar handen in haar schoenen en klapten de zolen tegen elkaar.

Vragend keek Richard naar George. 'Wat nu?'

'I'm sorry,' zei George.

De hele terugtocht liep Berber op spitsroeden, vechtend tegen een onbehaaglijk gevoel in haar maag vanwege de affaire met de Griek, waardoor ze nu nog geen slaapplaats hadden, en gedwongen de hele weg aan te horen hoe Richard en George tegen elkaar opboden met verhalen over ongemakkelijke overnachtingen in de open lucht; in bermen van wegen, onder viadukten, op roosters in Parijs, aan het water in een muggenplaag, pal naast een zigeunerkamp, in parken tussen hondedrollen en junks.

George bood hun twee dekens aan voor de nacht. Hijzelf sliep in een kleine boot met een tweepersoons kajuitje. Ze wachtten aan de haven terwijl hij de dekens haalde.

George sprong als een kat van de ene boot op de andere, een opgewekte tune fluitend die zich over het water voortplantte.

Even later kregen ze een deken van paardehaar in hun handen gedrukt en wees hij hoe ze bij het strand moesten komen. Na een ietwat ironisch 'goodnight' van zijn kant waren ze ineens weer met zijn tweeën.

'Wat sta je daar nou?' vroeg Richard. Hij had zich al opgerold in de deken. Berber staarde naar de kiezels op het strand en meende in het halfduister weggesmeten papier en plastic zakken te zien liggen. Dichtbij klonk gelach en gegier. Ze waren hier niet alleen. Was het eb? Tot waar kwam de zee als het vloed werd?

'Je gaat toch niet moeilijk doen?' zuchtte hij. 'Ga nou slapen. Morgen lig je weer in je gerieflijke hotelbed.'

Ze spreidde de deken uit over de kiezels. Haar rug deed pijn terwijl ze bukte. Behoedzaam ging ze liggen en sloeg de helft van de deken over zich heen. Het paardehaar prikte en kriebelde. Misschien zaten er vlooien in.

'Welterusten,' zei ze met een klein stemmetje.

'Slaap lekker,' bromde hij.

De stenen bobbelden in haar rug. Ze kon geen enkele houding vinden waarin ze de kiezels niet voelde.

Hier lig ik, dacht ze met wijdopen ogen naar de hemel starend, midden in de nacht op een strand in een wildvreemd land naast iemand die niets om me geeft. Die onverstoorbaar slaapt op iedere plek waar hij niet wordt weggejaagd. Hij is ervoor geknipt om naar Afrika te gaan. Geen enkele ontbering zal hem vellen.

Het gelach kwam steeds dichterbij.

'Richard!' Ze duwde tegen zijn rug.

'Mmm?'

'Er komen mensen aan!'

'Nou en?'

Een hele sliert pratende, giechelende en gillende mensen trok in het donker aan hun hoofdeinde voorbij. De kiezels knisperden onder hun voeten. Berber trok de deken over haar hoofd. Hij stonk. Met kromme tenen wachtte ze tot het lawaai minder werd.

'Godverdomme,' brulde Richard ineens. Hij schoot overeind.

Berber stak haar hoofd boven de deken uit.

'Doe dat ergens anders wil je?' riep Richard.

Vlak naast zijn hoofd zat een meisje met opgeschorte rok, haar blote billen naar hem toegekeerd. Grinnikend trok ze haar broekje omhoog en verdween in het kielzog van de anderen.

'Gaat hier een beetje zitten pissen,' zei Richard verontwaardigd. Hij verschoof zijn deken en dommelde verder, alsof er niets gepasseerd was.

Alles deed pijn: haar voeten, haar maag, haar rug. En in haar hoofd maalden de gedachten maar door, eigenzinnig en niet te stuiten.

Hoe kon iemand met plezier ergens ongegeneerd gaan zitten plassen? Hoe kon Richard hier in slaap vallen, alsof hij veilig door vier muren omgeven was? Waar haalde hij het vertrouwen vandaan? Wie sliep was niet op z'n hoede. Katten wisten dat, die hielden één oog op een kiertje.

Ze zag slapende zieken voor zich, glimmend van koorts en zwakte. Soms drukten ze op de bel, midden in de nacht, met een smoesje. Bang om in slaap te vallen, de Grote Slaap, waar nooit iemand uit ontwaakte. Ze zag zieken die gestorven waren langszweven in ruisende gewaden, traag wuivend in het voorbijgaan. Uit plotselinge angst ging ze rechtop zitten.

Toen in het oosten de lucht rose kleurde keek ze naar het vreemde zachtmoedige licht dat over de wereld viel en begon te huilen, stil, met heerlijk warme tranen en schokkende schouders.

Een voor een stapten ze van de loopplank op het schip. De vrouwen kregen hierbij van de grijnzende schipper een hand toegestoken, de mannen konden het alleen af.

Soepel sprong Berber op het dek. Haar lichaam tintelde. Aan het strand had ze plenzen zeewater in haar gezicht gegooid, en haar armen en benen erin gewassen. Tussen de kudde mensen vandaan die op het dek geperst werd keek ze om naar de steiger. Op het uiterste puntje stonden, naast elkaar zoals indertijd in de schoenwinkel en volmaakt onschuldig, haar schoenen. Tevreden nestelde ze zich op een bank op het achterschip en keek naar het gewriemel van de passagiers die hun draai nog niet gevonden hadden. Richard liet zich naast haar neervallen.

'Daar gaan we weer,' zei hij.

'Ja,' zei Berber monter.

Onderzoekend keek hij haar aan: 'Heb je een beetje kunnen slapen?'

'Prima,' zei ze, 'en jij?'

' 't Gaat,' zei hij, 'ik heb wat last van m'n rug.'

'Zal ik je straks masseren?' Ze hief haar stevige verpleegstershanden op.

'O ja,' zuchtte hij. 'Je ziet er lekker wild uit, weet je dat? Kom eens hier.' Hij trok haar tegen zich aan. 'Je ruikt ook lekker. Een en al zon en zee.' Zijn vingers gingen door haar half opgestoken, half loshangend haar. Hij kuste haar in haar hals.

De touwen werden losgegooid, de boot vertrok. Op de steiger stond George met de dekens in zijn armen. Hij legde ze neer en wuifde, grimassen trekkend, met zijn pet. De Italiaanse meisjes zaten een bank verder, kirrend en babbelend, en opgedoft voor nieuwe bewonderaars.

Berber duwde haar neus in Richards krullen en staarde naar de schoenen, die langzaam kleiner werden en steeds meer op een koppel schuwe witte eenden gingen lijken.

Mottenballen en parfum

Van het ene op het andere moment smaakte de laurierdrop niet meer. Ik haalde de glanzende staaf uit mijn mond en bekeek hem. De helft was nog over, met een kleverige stomp aan het eind. Het grootste deel van de weg naar huis had ik er vurig op gezogen, in de bittere zoetigheid vergetelheid zoekend. Ik dacht dat ik moest overgeven en stapte af. In de berm tussen de klaprozen boog ik me met mijn handen op mijn maag voorover, mezelf in stilte tegenover de maagdelijke bloemen ervoor verontschuldigend dat ik ze met een bruin-zwarte straal ging onteren. Maar er kwam niets. De bloemkelken waren zo uitbundig rood dat het leek of het in de wereld niets dan zomer en vrolijkheid was. Zomer was het, dat was zeker.

Moedeloos klauterde ik weer op de fiets. Uit balorigheid begon ik te slingeren waardoor het laatste stuk naar huis twee maal zo lang werd. Door al mijn aandacht toe te spitsen op het omgooien van mijn voorwiel probeerde ik hardnekkig het rapport te vergeten dat achterop mijn bagagedrager in mijn schooltas zat, maar de drieën en vieren bleven zich in fotografische helderheid manifesteren. Wat ik allemaal wèl kon was op mijn cijferlijst niet te zien: een vogelnest maken aan de hoogste tak van een boom, ballen met vier tegelijk, planten kweken, aardbeienbavaroise maken, me bij nacht oriënteren in het bos, de laatste tophits zingen, de leraren portretteren.

De weg splitste zich. Ik had de keus tussen een korte route langs huizen en een lange door het bos. Ik koos de laatste.

Toen ik door een tunnel van donkere sparren met jonge, lichtgroene uitlopers reed kreeg ik zin om tussen de bomen te verdwijnen en nooit meer terug te keren naar huis. Er waren genoeg landen op de wereld waar rapporten van geen enkel belang waren. In Afrika was een meisje van mijn leeftijd al lang uitgehuwelijkt, in Perzië leerde ze tapijtknopen, in India katoen verven, in Japan thee serveren.

Hoewel ik steeds langzamer ging fietsen kwam onherroepelijk ons huis in zicht. Mijn moeder, een vlinderachtige penseelstreek wit, zat in een bank op het gras onder een parasol in alle kleuren van het spectrum. Ze dronk thee met iemand. Dan kon het rapport beter nog even wachten. Verlicht haalde ik adem.

Ik liet me in een tuinstoel vallen. Uit een porseleinen pot met oud-rose bloemranken erop schonk mijn moeder thee waarna ze in een plastic citroen kneep, als met een waterpistool felle straaltjes in onze kopjes spuitend.

'Hoe was het op school?' vluchtig keek ze me aan.

'Gewoon.'

'Het is zeker gauw vakantie?' vroeg mevrouw Leifbrand.

'Nog een week,' zei ik.

Ze glimlachte beleefd en zweeg. Het lepeltje waarmee ze haar thee roerde tikte luidruchtig tegen de wand van het kopje. Ik was midden in een gesprek gevallen, de koffie- en theeintimiteit van vrouwen die mannen en kinderen buitensluit. Ze voelden zich opgelaten met mijn aanwezigheid. Op de tafel lag een blad met foto's en patronen voor de nieuwe zomermode. Om mezelf voor hen onzichtbaar te maken trok ik het naar me toe en sloeg het op een willekeurige bladzij open. 'Een elegant deux pièces in pasteltint.' Van onder de brede rand van een bijpassende hoed keek een donkere vrouw in een getailleerd, lichtblauw mantelpak hautain langs me heen.

'Ik wil absoluut niet meer hebben dat je komt,' zei mevrouw Leifbrand met nauwelijks beheerste emotie, 'dat heb ik hem duidelijk gezegd.'

'Daar zal hij zich dan wel aan houden,' zei mijn moeder vol vertrouwen.

Ik sloeg de bladzij om. Weer zo'n pak, nu zachtgeel. Deze keer lachte de vrouw behaagziek. Ze was van een perfectie die niet van deze wereld was, alsof ze leefde in kamers met hoge wollige tapijten, luie banken vol fluwelige kussens, angorakatten en vazen vol bloemen. Ze was een vrouw die met geen mogelijkheid iemands moeder zou kunnen zijn.

'Dat denk je maar!' mevrouw Leifbrand verhief haar stem. 'Je kent hem niet, hij is hondsbrutaal. Hij kan zijn handen niet van me afhouden. Weet je wat hij de laatste keer zei?' Haar stem daalde. 'Ik ben hartstikke gek op je,' zei hij, 'en denk erom: Van Walenburg is eraan gewend om te krijgen wat hij hebben wil.'

'Jasses,' zei mijn moeder.

Zonder nog iets te zien bladerde ik verder in het blad. Ik kon me niet voorstellen dat iemand gek zou kunnen zijn op mevrouw Leifbrand. Met haar donkerrood geverfde, glansloze haar, gelooide huid van het vele zonnebaden en hoogtezonnen, liploze, oranje geverfde mond en fonkelende ogen leek ze op een in eigentijdse kleding gestoken toverkol.

'Ik ben doodsbang voor hem,' fluisterde ze. 'Voordat ik ga slapen controleer ik of alle ramen en deuren goed dicht zijn. Ik kijk zelfs onder de bedden en in de kasten.' Ze zuchtte. ‘Als vrouw alleen ben je zo kwetsbaar.’

Meneer Leifbrand was enige tijd geleden naar de stad verhuisd. Hij was een schriele man met dun, grijs haar die zenuwachtig begon te lachen als iemand hem aansprak. Het was een vertrouwd beeld voor me geweest hem ’s morgens met een aktentas in de hand het huis te zien verlaten; enkele keren had ik hem er ’s avonds op dezelfde manier in zien terugkeren.

‘Wij zijn er ook nog,’ suste mijn moeder haar. ‘We houden wel een oogje in het zeil hoor.’

Mevrouw Leifbrand boog zich naar voren: ‘Zouden jullie, jij en Maria of mevrouw Hondius, niet met een of ander smoesje langs kunnen komen wanneer je z’n brommer weer ziet staan?’

‘Jawel, als dat je gerust stelt.’

Ik sloeg het modeblad dicht, dronk mijn lauw geworden thee in drie teugen op en kwam overeind uit de diepe zonnestoel.

‘Mannen,’ klaagde mevrouw Leifbrand, ‘ze willen maar één ding.’

Mijn neerslachtigheid kwam weer in volle hevigheid terug. Nergens was het vrij ademen, de lange, lange weg tussen school en huis verbond de ene kwelling met de andere. Tussen de rozen door slenterde ik naar mijn tuintje.

‘Hoe vaak heb ik je niet gezegd dat je om moet lopen,’ riep mijn moeder.

Dwars door mijn tuintje heen had ik diagonaalsgewijs een slingerpaadje aangelegd ter breedte van mijn voet. Eindelijk op eigen bodem liep ik het enige malen op en neer, behoedzaam de ene voet voor de andere zettend; het stukje grond dijde uit tot een wereld waarin alles precies zo was als ik het hebben wilde. Ik bukte en gluurde naar binnen in een van de rose-rode klokjes van het vingerhoedskruid. Het zonlicht scheen door de dunne wand heen, de merkwaardige vlezige wereld in een warme gloed hullend. In de gedaante van een bij naar binnen te kunnen kruipen, over de trilhaartjes heen, de donkerpaarse stippen, onder de stampers en de meeldraden door tot aan de geheimzinnige groene poort bovenin; wie daar doorheen kon gleed door de stengel rechtstreeks naar het ondergrondse. Ik plukte een aardbei. Juist toen ik hem in mijn mond wou steken zag ik een aangevreten stuk met het opgedroogde snotspoor van een slak er omheen. Ik wierp hem weg en keerde mijn tuintje de rug toe.

Ongezien liep ik achter de rozen langs naar de keukendeur. 'Zijn gulp staat altijd open,' zei mevrouw Leifbrand aan de andere kant van de struiken.

Binnen heerste de ontspannen stilte van een huis in de zomer, wanneer de bewoners buiten zijn. Ik ging de huiskamer in, zette de radio aan en liet hem brabbelen en zoemen tot ik Luxemburg had.

'Ich möchte auch einen Living Doll haben,' grapte de omroeper, 'genau wie unser Cliff.'

Ik kroop met mijn oorschelp in de luidspreker. Toen hij zijn stem tot een hese bas liet dalen en 'Living Do-o-oll' tot in de gevoeligste punten van mijn zenuwen vibreerde, liepen de rillingen over mijn rug.

'Die italienische Männer sind gefährlich,' riep Luxemburg, 'Conny Froboess hat zwei Italiener kennen gelernt, aus Napoli.'

Achterover gezakt in een leunstoel wachtte ik tot het voorbij was. Waarom zou ik vandaag al met mijn rapport op de proppen komen? Morgen was vroeg genoeg. Ik sloeg een been over de leuning, trok de dropstaaf uit mijn mond en wikkelde het papiertje er verder af.

Terwijl de papillen in mijn tong zich verzadigden aan

verdovende laurier maakte Paul Anka zich zorgen over zijn verhouding met Diana: 'I'm so old and and you're so young... o, o, o, Diana.' Nog geen week geleden op de kermis had hij me overal achtervolgd: in de botsautootjes, de cake-walk, het reuzenrad, de rups. Bij de botsautootjes beviel hij me het best. Wanneer bepaalde jongens tegen je opknalden terwijl het lied juist zijn klaaglijkste fase had bereikt gaf dat een speciaal soort opwinding.

'O ja,' zei mijn moeder en passant na het avondeten, 'ik heb tante Louise beloofd dat je vanavond bij haar slaapt.'

'Ik? Waarom?'

'Omdat ze een beetje van slag is. Het is een rustgevend idee voor haar als er nog iemand in huis is.'

'Wat moet ik daar doen, inbrekers en aanranders verjagen?' Quasi-dreigend hief ik mijn tot vuisten gebalde handen op. Mijn polsen waren zo dun dat mijn horlogebandje er omheen sloeberde, waardoor de wijzerplaat naar de binnenkant draaide.

'Het gaat om 't idee,' zei mijn moeder.

'Slaap ik dan bij haar op de kamer?'

'Wat hindert dat?'

'Dan ga ik niet.'

Mijn moeder zuchtte. 'Ze heeft een logeerkamer.'

Het huis van mevrouw Leifbrand lag aan het eind van onze straat verscholen achter imposante grove dennen waarvan ik vermoedde dat zij ze niet naar waarde wist te schatten en wenste dat ze bij ons in de tuin stonden. Sinds het vertrek van haar man vertoonde de tuin tekenen van verwildering: het grasgazon stond in bloei en in de perken schoten distels op.

Tegen mijn zin kondigden het piepen van het hek en het knarsen van het grind mijn komst aan. Ik verwachtte min of meer dat de deur al geopend zou worden maar zelfs op mijn aanbellen bleef het stil. Op verschillende plaatsen bladderde de gele verf van de voordeur af; tevergeefs probeerde ik me mevrouw Leifbrand met een andere kwast in de hand voor te stellen dan die waarmee ze op haar jukbeenderen een blosje schilderde. Een dwaze hoop kwam in me op: ze was niet thuis, ze was ergens anders bezig zich te vermaken. Ik keerde het huis de rug toe en liep opgelucht het tuinpad af.

'Hallooo!'

Ik had het hek al in mijn hand en liet het met een klap dichtvallen. Met een lichtgroen badlaken om haar romp heen gedrapeerd en een tulband van badstof op haar hoofd stond ze in de deuropening. Een plaatje in mijn geschiedenisboek, uit verveling nauwkeurig bekeken, schoot me te binnen: Mohammed, een menigte toesprekend vanaf de hoogste traptrede van een tempel in Medina.

'Ik ging juist in bad!' riep ze. 'Ik dacht dat je later zou komen.'

Weer knerpte het grind onder mijn voeten. Met mijn pyjama en tandenborstel in een door mijn moeder afgedankte jute tas stapte ik over de drempel. Een zoete walm van zeep, parfum, likeur, bloemen, frambozenpudding, sloeg me tegemoet.

'Deze kant op.' Het badlaken met een hand bij elkaar houdend ging ze me voor de trap op. Ik keek tegen haar blote benen aan waarvan de kuit zonder enkel in de voet overging. Pantoffels van een lichtgevend rose vachtje met een pompoentje erop wipten als speelgoeddieren van de ene traptrede op de andere. Vanaf een donkere overloop zag ik in het voorbijgaan door een openstaande deur een dampend bad met een drankfles op de rand, een kuikenzacht geel kleedje ervoor en een kast vol flesjes, potjes en gekleurde watten.

'Dit was de kamer van mijn man,' zei mevrouw Leifbrand, een deur opengooiend, 'hier werkte hij 's avonds zijn boekhouding bij.'

Onder een ingelijste reproduktie, waarop een boerin in het halfduister aardappels zat te schillen, stond een strak opgemaakt opklapbed. Aan een andere wand hing een Tomadorekje met een rijtje Prisma-pockets erop en in de hoek was een wastafel. Onder onze voeten lag een somber Perzisch tapijt met slijtageplekken erin.

'Ik heb het maar een beetje ingericht,' verklaarde ze, 'hij heeft al z'n spullen meegenomen.'

Ik knikte zoals ik vermoedde dat mijn moeder zou doen: meelevend.

'Nou,' zei ze met een weidse zwaai van haar blote arm, 'je redt je wel, hè? M'n bad wordt koud.'

'Ja.' Als bewijs legde ik mijn tas op bed.

Ze sloot de deur achter zich. Ik liep naar het open raam. Tussen de boomtoppen door zag ik een oranje glimp van ons dak: vandaaruit werd ik draadloos in de gaten gehouden en beschermd. Het was een doodstille avond. Dichte struiken drongen zich tegen de gevel op. Waar zou mevrouw Leifbrand bang voor zijn? Dat iemand zich in de bosjes rond haar huis verschool? Wie zou daar op z'n hurken willen zitten wachten? Er kraakte geen tak, er bewoog geen blad. Struiken, in zichzelf gekeerd als ze waren, gedroegen zich altijd alsof ze iemand verborgen.

Ineens werd de stilte verbroken door hoge galmtonen die uit het diepste binnenste van het huis leken te komen. Ik spitste mijn oren en ving 'Rosen' op en 'Tirol'. Het gezang golfde op en neer met snerpende uitschieters. Zou mevrouw Leifbrand haar tulband ophouden in bad? Wat dronk ze bij het baden? Gebruikte ze in een keer al die potjes?

Ik liep naar de wastafel en keek in de spiegel. Een smal gezicht, dat voornamelijk uit ogen bestond. Kleine muis, noemde een broer van mijn moeder mij. Allemaal drieën en vieren, zei ik tegen mijn spiegelbeeld. Ik tilde mijn pony op om te zien of ik een hoog voorhoofd had. Hoewel het erg wit was vergeleken bij de rest van mijn gezicht, stelde de hoogte ervan me gerust. Ook had ik geen bij de neuswortel in elkaar overlopende wenkbrauwen die wezen op een misdadige aanleg of een terugwijkende kin die slapheid betekende. Ineens zag ik in de spiegel de weerkaatsing van een muurkast die me nog niet eerder was opgevallen. Ik draaide me om. Zolang er uit de badkamer gezang klonk (het was nu zoiets als: 'in Salzgammergut da kann man gut...') kon ik doen en laten wat ik wilde.

Ik verschoof het klosje dat de kast dichtklemde. Een sterke geur, een mengsel van mottenballen en parfum, sloeg me tegemoet uit de donkere holte waarin ouderwetse zwarte en paarse japonnen slap neerhingen aan knaapjes. Het waren afstotelijke oude vrouwenjurken, misschien afkomstig uit de nalatenschap van mevrouw Leifbrands moeder. Ze riepen een scala van beelden en gevoelens op; kromgegroeide gewrichten, tandeloos gemummel, betekenisloos ja-knikken, open benen, ziekelijke nieuwsgierigheid en achterdocht. Huiverend betastte ik de soepele, zijdeachtige stof en trok een diepzwarte, met kant afgezette jurk van de kleerhanger. Om hem tot leven te wekken danste ik enkele pirouettes, de jurk als een macabere danspartner tegen me aan klemmend. 'Daar gingen drie oude wijven,' zong ik op fluistertoon, 'over een zwik-zwak bruggetje. De ene heette vrouw Biba, de tweede Biba de Binka, en de derde Sina Snikna Knikker de Kninka...' De jurk ruiste en ritselde. Zoveel overdonderende beweging had hij nog niet meegemaakt. 'Toen nam vrouw Biba een steen, en smeet die naar vrouw Biba de Binka haar been, zodat vrouw Sina Snikna Knikker de Kninka daarom green.'

Steeds sneller en wilder tolde ik rond totdat ik mijn evenwicht verloor en op het bed neerviel dat kribbig protesteerde. Plat op mijn rug liggend hijgde ik uit. Ik keek naar boven. Het goudgele licht dat op hoofd en schouders van de boerin viel was even antiek als de jurk die ik in mijn handen hield. Ik kwam op mijn ellebogen overeind en spreidde hem zorgvuldig op het bed uit. Als een grote platgeslagen vleermuis lag hij op de sprei.

Ik trok mijn kleren uit en liet ze op de grond vallen. Toen stak ik mijn armen in de omajurk en liet hem over me heen glijden. Ik rilde. Het was zoiets als een nat badpak aantrekken. Wie had hem vóór mij het laatst aangehad? Ik sleepte de keukenstoel die naast het bed stond naar de wastafel. Met beide handen de rok optillend als een vrouw die de trappen van het stadhuis beklimt klauterde ik op de stoel.

Waar ooit een omvangrijke boezem het model van de jurk tot z'n recht had laten komen viel nu de stof in voze zakjes over mijn taille. Mijn huid stak bleek-wit af bij het zwarte kant. Ik spreidde mijn armen en leek een kraai met opengesperde vlerken, klaar om vanaf een tak in glijvlucht naar beneden te zweven. Mijn onderkaak naar voren schuivend als iemand die vergeten heeft zijn bovengebit in te doen boog ik me naar de spiegel toe. Met rollende ogen en lokkende vingers kraste ik: 'Kom maar hier, kindje, wil jij een lekker snoepje van oma?' Daarna bleef ik roerloos staan en staarde naar mijn merkwaardige evenbeeld waar schemerig licht van buiten overheen viel.

Allengs werd ik overvallen door een gevoel van naargeestigheid. Ik sprong van de stoel en slenterde de kamer rond. Het kant prikte in mijn huid. Ik trok een pocketboekje van het rek en bekeek de omslag. *De das van Bruno Toll.* Gewurgd met een stropdas lag een jonge vrouw in een geblokte zomerjurk tussen hoog, verdord gras. Haar hoofd was opzij gevallen.

Op dat ogenblik hoorde ik de deur van de badkamer opengaan. Even keek ik weifelend naar de jurk, toen schoof ik razendsnel het boekje tussen het rijtje en sloop voorovergebogen naar het bed. Onder de dekens wachtte ik met ingehouden adem. Geschuifel van voeten op de overloop. Toen sloeg er een andere deur dicht. Nog geruime tijd bleef ik verstijfd liggen. De jurk kriebelde. Nu had ik met de geur van mottenballen en parfum de dood tussen mijn lakens gebracht. Ik schopte de dekens van me af, rukte de jurk uit en hing hem terug in de kast. Daarna trok ik mijn pyjama aan zodat ik een officiële logé werd en ging zonder mijn tanden te poetsen terug in bed. Het was of mijn lichaam niet meer aan mezelf toebehoorde tussen de vreemde lakens. Ik verlangde hevig naar het restant van mijn laurierstaaf, dat ik thuis had laten liggen.

'Aaah...' Een schreeuw vol angst snerpte door het huis. De wanden sidderden. Vanuit een onrustige halfslaap-halfwaaktoestand schoot ik overeind. Een blik op het rijtje Prismaboeken bracht me terug in het huis van mevrouw Leifbrand.

Er klonk een slag die het hele huis in trilling bracht. Ik dook in elkaar. 'Aaah...' hoorde ik, en nog eens: 'Aaah.'

Datgene waarvoor mevrouw Leifbrand zo bang was geweest en waarover zij zich die middag met mijn moeder het hoofd had gebroken, dat wat de reden was voor mijn aanwezigheid in haar huis: het voltrok zich nu aan haar. Dat had niets ongerijmds, het lag in het natuurlijke verloop der dingen.

Nu hoorde ik een ploffend geluid. Ik trok de dekens ver

over mijn hoofd en ademde noodgedwongen de lijkengeur van de jurk in. Ik ben er niet, zei ik in gedachten, ik weet nergens van.

Nerveuze voetstappen repten zich in de richting van mijn kamer. De deur werd geopend. Ik bewoog me niet. 'Kom eens gauw,' klonk de stem van mevrouw Leifbrand, halverwege overslaand naar een andere toonhoogte, 'kom eens gauw!' Er werd aan mijn dekens gerukt. Weer liet ik me met tegenzin in haar leven betrekken. In een vitragedunne nylon nachtjapon met rouches aan hals en armen stond ze naast mijn bed. Haar van angst vertrokken gezicht contrasteerde vreemd met de poesvriendelijke nachtkleding. Ze sleurde me aan mijn arm met zich mee.

'Er zit zo'n engerd op mijn bed,' piepte ze. Mijn arm werd bijna fijngeknepen. Ik verwachtte iets vreselijks, iets ontzagwekkends, iets onnoembaar ergs. Het had de contouren van de monsterlijke, gorilla-achtige verkrachter en kindermoordenaar: de Boze Man, die huiveringwekkende, nooit eerder bedachte dingen met ons ging doen, die het voorstellingsvermogen te boven gingen en mijn ouders in diepe rouw zouden achterlaten.

Maar de kamer waar zij me in duwde was leeg, in eerste oogopslag.

'Daar!' wees mevrouw Leifbrand met trillende wijsvinger.

Op de donkerrode sprei zat roerloos een dikke, zwarte spin met harige poten. Het was niet te zien of hij terug keek, het was zelfs de vraag of er zich in al het zwart wel ogen bevonden.

Mevrouw Leifbrand hield zich vast aan de deurpost. 'Durf jij hem...?' vroeg ze huilerig.

'Ja hoor,' zei ik, de uitzinnige opluchting die ik voelde voor haar verbergend.

Twee schoenen op het bed en een opengevallen boek

op de grond getuigden dat zij al op haar manier ten strijde getrokken was. Mijn eerste opwelling was de spin met het boek te vermorzelen, maar tegelijk herinnerde ik me dat een spin in de avond geluk bracht. Wie zo onzorgvuldig met zijn geluksboodschapper omsprong zou daar zeker voor gestraft worden.

Ik raapte het boek op en liep op mijn tenen naar het bed, hem met mijn ogen biologerend. Behoedzaam schoof ik het boek onder de spin met de bedoeling hem zo naar buiten te transporteren. In paniek doorkruiste hij, met voor het oog nauwelijks waarneembare, snelle bewegingen, het oppervlak van het boek dwars over de titel in gouden letters heen, waarna hij moeiteloos overstapte op de rug van mijn hand. Ik verstarde en beet op mijn lip om hem niet in een schrikreactie van me af te schudden, maar de angst van mevrouw Leifbrand en haar vertrouwen in mij gaven me ongehoorde kracht. Met de spin op mijn hand rende ik naar het open raam en mikte hem over de vensterbank in de diepte, waar hij vast en zeker een zachte landing zou maken op zijn vele poten en trilharen.

'Hè, hè,' zuchtte mevrouw Leifbrand achter me. Ik keerde het raam en de vrije open ruimte de rug toe. Uitgeput liet ze zich op het bed neervallen, een meisje van middelbare leeftijd.

'Haal eens een glas water voor me, wil je?' vroeg ze, een vermoeid, slap gebaar makend in de richting van de badkamer.

De spiegel boven de wastafel was nog beslagen. Er hingen wel drie vochtige handdoeken aan een lijntje. Op de wastafel lag een haarborstel met een dot roodgeverfde haren erin. Ik viste een plastic bekertje tussen de flesjes vandaan en vulde het.

Gulzig sloeg ze de inhoud achterover, haar adamsappel ging gejaagd op en neer. De paarsrood geschilderde nagels vloekten bij het oranje dat ze omklemden.

'Wat sta je daar nou te kijken?' vroeg ze, mij met kogelronde ogen aanziend, 'ga maar weer naar bed hoor.'

Gehoorzaam liep ik naar de deur. Met de knop in de hand draaide ik me om. Mevrouw Leifbrand liet haar gebit in het plastic bekertje vallen. Vanuit een automatisme had ik welterusten willen zeggen. Ik slikte het in en glipte de overloop op.

De volgende dag kroop voorbij. Wat moest ik nog op school? Ik was blijven zitten. Het voetstuk waarop de leraren stonden was hoger dan ooit. Zij wisten, ik faalde. Voor hen bestond ik niet meer. Ik was niet eens zo'n geval waarvoor ze op vergaderingen verzachtende omstandigheden aanvoerden: haar ouders zijn pas gescheiden, ze moest op het land haar vader helpen, haar been was gebroken. Ik was gezond, mijn ouders hadden een solide huwelijk, ik had een eigen kamer met een tafel, een boekenkast en een kachel en ik werd voortdurend aangemoedigd.

Mijn moeder sloeg het tuinhek achter zich dicht toen ik aan kwam fietsen. Vanuit de schaduw van de bomen werd ze gevolgd door mevrouw Leifbrand.

'Waar gaan jullie heen?' Het klonk als een verwijt, een aanklacht. Eindelijk was ik eraan toe mijn rapport te laten zien, mijn hoofd lag al op het hakblok, en nu liepen ze weg.

'Een eindje om,' riep ze zangerig.

'Mag ik mee?' vroeg ik. Met mijn tenen op de straat hield ik me in evenwicht. De zon schitterde schel in het chroom van mijn stuur en koplamp. Je zou blind kunnen worden als je er lang naar keek. Als ik nu ook nog eens met het rapport in de hand moest gaan zitten wachten op haar terugkomst.

'Als je maar opschiet.'

Ik gooide mijn fiets tegen een boom en liep gejaagd achter ze aan: ik wilde geen ogenblik meer alleen zijn. Aanvankelijk bleef ik twee passen achter ze, troost peurend uit het patroon op mijn moeders jurk: zwarte bloempotten met geraniums die zich in golfbewegingen als zwermen vogels door een blauw-wit geblokt universum bewogen. Ik zou mijn gezicht tussen de plooien van haar jurk willen verbergen totdat de bui was gevallen en de lucht opgeklaard. Aan sommige fases in mijn bestaan zou ik me willen onttrekken, schuilend in een niet-zijn, zonder schuld of verantwoordelijkheid.

Zij spraken de hele weg, zonder ook maar eenmaal te lachen. Ik luisterde niet. Hun woorden verdwenen tussen het hoge gras en onder de struiken waar ontelbare insekten zich in broeierige beweeglijkheid in leven hielden. We liepen door het bremlaantje dat kort daarvoor nog in uitbundige, botergele bloei had gestaan. Nu hingen er slappe bruine dotjes aan de takken. Wanneer de opschudding over mijn rapport al lang geluwd was, zou de brem langwerpige donkere zaaddozen dragen die zich lieten openbreken als de peulen van erwten. Het geheim van mijn schandelijke domheid dat ik met me meetorste werd bij iedere stap zwaarder. Het was of ik nooit meer de rust zou hebben om iets mooi te kunnen vinden, of ontroerend. Ik keek naar de twee vrouwen, hoe ze liepen, gebaarden, elkaar soms aanzagen. Mijn moeder, onvermijdelijk in gezelschap van een buurvrouw, een vriendin, een oudere zuster, mijn vader. Ik voelde me een helft waarvan de onbekende wederhelft ontbrak. Als complement van iets dat er niet was had ik geen recht van bestaan.

Ik raapte een stok op uit de berm en sleepte hem achter me aan door het zand. Hij liet een dun spoor achter, een bewijs dat ik toch bestond.

Bij een weiland met armelijke plekken in het kale gras bleven de vrouwen abrupt staan, waardoor ik tegen ze opbotste. 'Kijk toch uit!' zei mijn moeder geprikkeld, 'jij loopt ook altijd te dromen.' Ik wierp de stok terug in de berm, waar hij hoorde. Ik was niet alleen dom, maar ook onhandig.

'Kijk nou toch eens!' fluisterde mevrouw Leifbrand, mijn moeder bij de elleboog vattend. Gefascineerd tuurde ze, haar ogen half toeknijpend tegen het zonlicht, naar een bepaald punt op het veld. Mijn moeder keek onwillig mee.

Ik zag niets, alleen twee paarden waarvan de ene onhandig op de andere geklommen was, er half overheen hangend met bungelende voorpoten.

'Kom,' zei mijn moeder, ze maakte aanstalten om verder te lopen, 'hier is niets aan te zien.'

'Jawel,' zei mevrouw Leifbrand schor, haar greep op mijn moeders elleboog verhevigend, 'ja zeker wel.'

Mijn moeder wierp een nerveuze blik op mij. Ik keek nog eens van mevrouw Leifbrand naar de paarden in een poging te begrijpen wat haar zo boeide. De dieren maakten rare, spastische bewegingen, een paard onwaardig. Ze hoorden over het veld te galopperen met wapperende manen en een veulen aan hun zij. Boven mijn bed hing een foto van een hazelnootbruin paard, dravend door een herfstig bos in de Schotse Hooglanden met opengesperde neusgaten en zachte, fluwelige lippen. Ik hield van hem. Soms galoppeerde hij door mijn droom. Dan zat ik op zijn rug, mijn armen om zijn hals geslagen, mijn knieën in zijn flanken duwend. Ik voelde het pompen van zijn hart in de geweldige romp en het gebonk van de hoeven op de aarde. Als ik opkeek zag ik in een wolk van opstuivend zand een horde volwassenen die ons als bezetenen achtervolgden. Ik herkende mijn vader en moeder, leraren van school, winkeliers uit het dorp, een debiele man aan wie mijn moeder de afgedragen kostuums van mijn vader gaf, mijn pianoleraar. Met opgetrokken bovenlippen en tot vuisten gebalde handen kwamen ze dichterbij, maar op het moment dat ze ons hadden ingehaald en mij met lange, uitschuifbare vingers wilden grijpen, groeiden er vleugels uit mijn paard en stegen we op, de ondergaande zon tegemoet, de woeste meute aan de grond genageld achterlatend.

'Het is geen schouwspel,' zei mijn moeder, 'kom mee Louise.' Ze wierp een voor mevrouw Leifbrand bestemde, veelbetekenende blik op mij. Ik was niet alleen dom en onhandig, maar ook nog onnozel.

Mevrouw Leifbrand had rode vlekken in haar hals. 'Nou nou,' zuchtte ze.

Mijn moeder zette er flink de pas in, de potten met geraniums warrelden voor mijn ogen. Ik hoopte tegelijk wel en niet dat we nu naar huis gingen. Mevrouw Leifbrand wierp nog een kleverige blik over haar schouder.

Ik lag op mijn bed en sloeg het rapport zeker voor de tiende keer open, telkens in de dwaze verwachting dat de vriendelijke ronde vormen van achten en negens erin teruggekeerd zouden zijn, die ik vroeger zo vanzelfsprekend had gevonden dat ik ze nauwelijks een blik waardig keurde.

De agressieve, in drukletters geschreven vieren bevatten precies de meetkundige driehoeken die mij dit jaar de das om hadden gedaan, met hun hoeken van negentig, van drieëndertig en van vijfenveertig graden. De drieën waren gewonde, opengebroken achten. Een eenzame zeven voor gymnastiek probeerde op zijn tenen balancerend het hoofd boven water te houden, zijn lichaam tot het uiterste toe gespannen zodat hij ieder moment de vlucht zou kunnen nemen.

Boven de cijferlijst stond, als de naam van een streng veroordelende, over leven en dood beschikkende rechter, die van de school: Titus Brandsmalyceum. Ik wist inmiddels wie Franciscus van Assisi was, Benedictus van Nursia, Godfried van Bouillon, Thomas van Aquino, maar wie was nou Titus Brandsma voor wie een standbeeld op het schoolplein was opgericht?

Het rapport zou onherroepelijke gevolgen hebben. Het bepaalde de mate van genegenheid die mijn ouders voor me voelden: wie wilde een dom kind aan zijn borst drukken? Ik sloot mijn ogen. Zelfs drop smaakte me niet meer.

Door het open raam klonk het gemurmel van mijn ouders stemmen in de tuin. Ineens barstten ze allebei in lachen uit. Het geschater en gebulder stegen als een uitzinnig duet op in de avondlucht. In de kastanje tegenover mijn raam ritselde een vogel. Ik klapte mijn rapport dicht en kwam overeind. Nu, schoot het door me heen. Al mijn energie, door de lethargie van de afgelopen dagen onderdrukt, bundelde zich. Bijna struikelend over mijn eigen benen stortte ik me de trap af, het huis uit, de tuin in. Mijn ouders zaten in luie klapstoelen, hun monden nog geopend van het lachen.

'Hier,' riep ik buiten adem, 'mijn rapport.'

Na een lange stilte waarin ik had opgehouden te ademen legde mijn vader het rapport op zijn schoot, keek me koel aan als een dokter die de aanwezigheid van een fatale ziekte constateert, en zei: 'Zooo...'

'Laat eens zien.' Zenuwachtig strekte mijn moeder haar hand uit. 'Nee,' na een vluchtige blik op de cijfers sloeg ze haar hand voor haar mond.

Ik keek naar mijn schoenen.

'Dit betekent natuurlijk dat je niet overgaat,' zei mijn vader.

Ik knikte.

'Ik begrijp er niets van,' zei mijn moeder klaaglijk, 'je kon die paar onvoldoendes op het paasrapport nog makkelijk ophalen, zei je.'

Wat moest ik zeggen? Ze uitleggen dat er na de eerste onvoldoendes een raar floers voor mijn bewustzijn getrokken was waardoor ik niets meer kon bevatten? Dat ik sindsdien de leraren had zien praten zonder ze te horen, als in een stomme film? Dat ik uren naar onregelmatige werkwoorden had zitten staren zonder er meer zin in te kunnen vinden dan in een kruissteekjespatroon? Dat ik tenslotte in onverschilligheid was vervallen?

'Ik heb er geen woorden voor.' Alsof ze haar handen er niet aan vuil wilde maken gaf ze het rapport terug aan mijn vader.

'Een drie voor Latijn,' las hij voor, 'hoe krijg je het voor elkaar om een drie te halen?'

Ik haalde mijn schouders op.

'Wil je geen Latijn leren?'

'Nee,' zei ik binnensmonds.

'Wat zei je?'

'Ze zei nee,' verklaarde mijn moeder die in een grijs verleden mijn babytaal al verstaan had toen nog niemand er wijs uit kon worden.

'Waarom wil je geen Latijn leren?'

'Er is op de hele wereld geen land waar het gesproken wordt,' mompelde ik.

'Waarom doe je je mond niet behoorlijk open als je spreekt?' vroeg mijn vader. 'Praat je op school ook zo onduidelijk?'

Ik zweeg.

'Stel dat je later medicijnen wilt studeren, dan moet je Latijn kennen.'

'Ik wil geen medicijnen studeren.'

'Dat kun je nu nog niet weten.' Hij las verder: 'Een vier voor geschiedenis. Dat is luiheid. Geschiedenis is gewoon een kwestie van je lessen leren.'

'Maar waarom moet ik alles weten over de stichting van kloosters,' vroeg ik verontwaardigd, 'over de pausen, Gregorius, Leo, Innocentius, over de predikers, sint Amandus, sint Eligius, sint Lambertus, sint Hubertus, sint...' Ik verslikte me in de opsomming.

'Het is nu eenmaal een katholiek lyceum,' zei hij.

Mijn ene hand hing boven een bloembak met geraniums. Gedachteloos kneep ik een van de bloemhoofden fijn en verpulverde de blaadjes met mijn vingertoppen langs de muizen van mijn hand.

'Je haar is ook veel te lang,' zei mijn vader, 'het hangt voor je ogen. Waarom wordt het niet op tijd geknipt?' Hij wendde zich tot mijn moeder, 'zo kan ze toch niets op het bord zien?'

'Je hebt gelijk,' zuchtte ze, 'maar het kost me de grootste moeite haar mee naar de kapper te krijgen.'

'Wiskunde een vier.' Dat was mijn ernstigste vergrijp, wist ik. 'Voor alle interessante vakken is wiskunde onmisbaar.'

'Ik ga later nooit iets doen waar je wiskunde voor nodig hebt,' riep ik fel. Mijn vader deinsde terug in zijn stoel, mijn moeder keek gespannen van hem naar mij alsof ze ons allebei het zwijgen zou willen opleggen. Ik prees mezelf voor altijd uit de markt. 'Nooit,' fluisterde ik.

Er viel een stilte. Ik stond in de beklaagdenbank en zij namen ontdaan mijn gestalte in zich op. Tegen een achtergrond van zwijgende bomen en struiken werd ik te licht bevonden. Roerloos wachtte ik af. In de beschermende holte van de tuin, nog niet uit het nest gevallen, riep ik toekomstig onheil over me af, ik zag het in hun ogen. Ik werd bang voor mezelf.

De status quo werd verbroken door geritsel. Iemand wrong zich tussen de jasmijnstruiken door die in een wanordelijke deining raakten alsof er een wild zwijn in rondwroette. Het hoofd van mevrouw Hondius, onze buurvrouw, kwam in zicht, daarna haar lichaam dat uit louter buik en borst leek te bestaan.

'Hij is er weer,' zei ze op een onheilspellende toon. Het klonk als: het is gebeurd met ons.

Wij staarden haar aan alsof ze uit een andere wereld in de onze was komen vallen en een taal sprak die ons onbekend was.

'Zijn brommer staat tegen het hek,' verduidelijkte ze.

'Wiens brommer?' vroeg mijn vader.

'Van Walenburgs brommer natuurlijk.' Mijn moeder ontwaakte.

Opgewonden wiebelde mevrouw Hondius heen en weer op haar in katoenen schoentjes gestoken voetjes van Chinese fijnheid. Het was een wonder dat ze haar nog steeds konden dragen, ze was net een duikelaartje, je hoefde haar maar een duwtje te geven en ze zou een kleine koprol maken waarna ze door de natuurlijke veerkracht van haar rondingen weer vanzelf in de rechte stand zou terugkeren.

Mijn moeder stond op. 'Ik heb nog een schaar van haar,' zei ze, 'die kunnen we terugbrengen.'

'Bemoei je er toch niet mee,' zei mijn vader.

Hij werd niet gehoord. Resoluut verlieten mevrouw Hondius en mijn moeder het grasveld. Mijn rapport was niet meer aan de orde, er was een andere prioriteit. Uit angst alleen te moeten achterblijven onder de strenge, misprijzende blik van mijn vader liep ik achter ze aan.

Als hulptroepen van het eerste kwartier naderden we het huis tussen de stuifdennen, mijn moeder agressief voorop met het geleende voorwerp als een dolk in de hand. Ik benijdde meneer Van Walenburg niet: ze ging hem ongetwijfeld in stukjes knippen.

' 't Is toch wat,' hijgde mevrouw Hondius, 'hoe durft ie!'

Mijn moeder knikte zwijgend. Ze was nu eigenlijk onaanspreekbaar, zag ik. Ze was een gedrevene, op weg om onrecht te wreken.

Weer piepte het hek en knarste het grind. Dreigend als een stormram die ieder ogenblik kan aanvallen belde mijn moeder aan. Weer staarde ik naar de kale plekken op de voordeur. Mijn moeder belde opnieuw, ongeduldig. Ze wisselde een blik vol ongerustheid met mevrouw Hondius. 'Laat mij eens,' zei deze en drukte met haar mollige hand langdurig op de bel. Het bleef stil in huis. 'De keukendeur,' fluisterde ze. Haastig begaven we ons naar de zijkant van het huis, tussen de bloeiende grashalmen door. De keukendeur was op slot. Mevrouw Hondius rammelde aan de kruk, duwde met haar volle gewicht tegen de deur en beukte erop met haar vuisten. 'Louise doe open!' riep mijn moeder. 'Doe open, doe open,' schreeuwden ze beiden. Zenuwachtig liepen ze om het huis heen. Alle gordijnen waren gesloten. Tenslotte belandden we weer bij de voordeur. 'Wat doen we nu?' vroeg mevrouw Hondius.

Op hetzelfe ogenblik hoorden we een geluid boven ons hoofd. We keken langs de gevel omhoog en zagen de ramen van de slaapkamer openzwaaien. In de omlijsting van het kozijn bevond zich mevrouw Leifbrand met blote schouders en haren die rechtop stonden zoals bij het trollepoppetje dat ik de week daarvoor op de kermis gewonnen had.

'Zijn jullie helemaal gek geworden!' riep ze. 'Wat willen jullie toch?'

Haar lippenstift zat in wilde vegen rond haar mond,

waardoor ze een vreemde, verongelijkte uitdrukking kreeg.

'We komen je schaar terugbrengen Louise,' zei mijn moeder plechtstatig.

'Mijn schaar?' vroeg mevrouw Leifbrand verward. 'Mijn schaar? Wat moet ik nou met een schaar?'

'Die had ik van je geleend, Louise.' Verbaasd keek mijn moeder naar mevrouw Hondius, 'weet je nog wel?'

'Gaan jullie alsjeblieft weg,' riep mevrouw Leifbrand. Ze begon het raam te sluiten. Los vel zwabberde onder haar bovenarmen.

'Nou... zeg,' uit het veld geslagen keek mevrouw Hondius mijn moeder aan. Die perste haar lippen op elkaar en bukte zich om de schaar met een driftig gebaar door de brievenbus te gooien. Zwijgend liepen we terug naar het hek. Ik keek als enige achterom. Nog net ving ik een glimp op van twee ogen die ons vanuit het halfduister van de slaapkamer vernietigend nakeken: de vreemde lichtvlakjes erin, de weerkaatsing van flitslicht in de ogen van iemand die recht in de lens van een fototoestel kijkt, griften zich in mijn geheugen. Daarna werden met twee forse rukken de gordijnen gesloten.

'Zoiets heb ik nog nooit meegemaakt,' zei mevrouw Hondius. Ze trok haar jurk glad, alsof die door het gebeuren gekreukt was.

'Laten we het er maar niet meer over hebben,' zei mijn moeder, 'je verstand staat erbij stil.'

Berustend slenterde ik achter ze aan. Er was zoveel wat ik niet kon bevatten.